U0055616

しっそうホリデイ

失蹤 HOLIDAY

乙一

序

特別寫給中文版讀者

大家好，我是作者乙一，能讓台灣的讀者看到這本書，我覺得非常開心。我著手寫這篇序的日期是二〇一一年四月二日，日本東北大地震及海嘯發生到現在還不滿一個月。我住的地方雖然沒有受到海嘯波及，但是因為海嘯所導致的核能問題，因此必須輪流限電。有許多人由於擔心輻射汙染而去超市搶購物品，就連我想到網路商店買瓶裝水和茶，上面的狀態都顯示賣完了。打從出生以來，我還是第一次碰到這種事。正當此時，我從新聞上得知台灣捐了龐大金額的善款，我們由衷地感謝，謝謝你們。

接下來，我們來談談這本書吧！這本書收錄的作品是我以前還是個大學生時寫的。當時，我正在大學裡唸工學系，每天除了在所屬的實驗室中做電子顯微鏡的實驗，另外還得幫忙朋友拍自製電影，然後在這兩件事之間，再擠出時間來寫小說。我只記得那段時間我忙著寫實驗報告、忙著發表，壓力非常大，十分辛苦。

〈幸福有著小貓的形狀〉這篇小說，是我在幫忙朋友拍自製電影時，利用等待的空檔構思出來的，當時我還在朋友的電影裡飾演主角呢！因為我們既沒有當演員的朋友，也沒有其他可以幫忙的友人，我還曾經頭戴塑膠袋阻擋行人，也曾穿著沾滿血的運動服在路上走來走去。電影的其中一個拍攝場景，是朋友一個人住的獨棟房屋，那個家裡還有隻貓。在等待電影拍攝的時候，我就會在那棟房子裡悠悠地構思小說情節，因此完成了獨棟房子、貓與陰暗的大學生活交織而成的故事。這麼說來，故事裡出現的藍色轎車就是以我朋友的車子為範本。當時我把這故事的構想告訴了朋友，「聽起來好像不怎麼有趣嘛！」我還記得他當時是這樣回我的。

當時，我因為想寫個笨蛋的故事，所以在不知不覺間，就寫出了〈失蹤HOLIDAY〉。前陣子，我終於有機會重新翻看很久沒讀的〈失蹤HOLIDAY〉，發現裡頭出現了好幾個我以前大學時代住的城鎮的地名，大概是因為這本書是以愛知縣豐橋市為舞台的關係吧！主角在故事裡作了一個「追逐逃跑的蛋糕」的夢，其實這是引用我最喜歡的廣播節目——伊集院光先生的〈深夜的笨蛋力〉中出現的橋段。我最喜歡這種笨笨傻傻的感覺了。

題外話，我非常喜歡伊集院光先生的廣播節目，傾全力支持，搬到東京也是為了要聽得更清楚這個節目。這個風格亂來、大人聽了會忍不住皺眉頭的廣播節目，卻幫助我度過了憂鬱黑暗的十幾歲。我想，我的寫作風格多少有受到這個節目的影響吧！啊，這麼說來，〈幸福有著小貓的形狀〉裡面的角色，我好像也是設定他們聽這個廣播節目……總之，日本很多的漫畫家及創作人，到了週一深夜一定會收聽這個節目。當我和漫畫家見面的時候，只要一講到「我有聽廣播哦」的話題，對方馬上就會回答：「伊集院先生的廣播對吧？」這是我們之間一定會有的共同話題。不過我想，要翻譯廣播節目一定很難吧……？

我今年三十二歲，而這兩篇作品已經寫了超過十年了，當我重新讀過之後覺得好害羞，光聽書名，就覺得臉整個都紅了。不過即使如此，能讓大家讀到這兩個故事，我還是覺得非常榮幸。今後日本的經濟情況會變得更嚴峻吧！許多人都這樣覺得，而我也覺得很不安，但是，我想我們會努力活下去的。還請大家繼續多多指教。

乙一

目次

幸福有著小貓的形狀 009
HAPPINESS IS A WARM KITTY

失蹤HOLIDAY 063
しっそう×ホリデイ

幸福有著小貓的形狀

HAPPINESS IS A WARM KITTY

1

一直想離開家，過一個人的日子。不為別的，只是想一個人安靜地生活。我一直渴望能到一個誰也不認識我的地方，孤獨地死去。因此，選大學的時候，我特意選了離家遙遠的地方。雖然覺得離開出生與成長的故鄉對不起父母，不過家中兄弟多，就算少了我這個沒出息的兒子，爸媽也不會太痛心吧。

要一個人生活，首先要找房子。我知道伯父家有一棟舊宅，於是決定借住。三月的最後一個星期，伯父帶著我一起去看房子。

在此之前，我從未和伯父說過話。前往房子的路上，我坐在駕駛座旁邊的位子，可是仍舊沒跟伯父說什麼話。理由不單是我們沒有共通的話題，而是我根本缺乏與人溝通的能力。有些人不管跟誰相處，都能毫無隔閡地聊起天來，但那絕對不會是我。

「一個月前，有個大學生在那裡淹死了啊。就是那個池塘，據說是喝醉了掉進去的。」

伯父一邊開車，一邊對我說，還用下巴對著窗外示意了一下。

汽車飛快地把路旁的樹木拋在身後。透過繁茂的枝葉，我看到路邊有一個大大的池塘，池塘周圍是綠地公園，水面倒映著陰暗的天空，染成了一片灰，讓人覺得似乎沒什麼人煙，有點寂寥的感覺。

「哦，是嗎？」

話剛出口我就後悔了，我應該表現得再驚訝一些，伯父大概也希望我吃驚吧。

「連死了人的事你都不覺得驚訝？」

「嗯，大概吧……」

司空見慣了。對和自己毫不相干的死人，我才不會有什麼感覺。

聽到我的回答，伯父的神情放鬆了許多，就像鬆了口氣似的，但我當時尚未領會到那個表情的真正含意。

之後伯父跟我說話，我的回答都很公式化，所以對話並沒有繼續下去。我想，伯父一定覺得我很無趣吧。他一臉感覺跟我聊不起來的樣子，也就沒再講話了，車內的氣氛變得更沉悶。這種情況我遇過許多次，雖然仍不習慣，但至少不覺得難受。我從前就不愛說話，尤其不善於附和對方的意思談話。

我早就厭倦了和人接觸。夠了，我受夠了，從今以後，我再也不跟其他人來往了。就守在家裡，一個人悄悄地過日子。就連走路，我也不願意走在路中間。一個人過日子，多愜意呀。好，從現在起，我就拉上窗簾，過我自己的生活。

伯父的房子是一棟普普通通的兩層木造建築，和周圍的其他房子相比，就像發黃的照片一樣古老，彷彿輕輕一推就要倒下去似的。我在屋子裡轉了一圈，很快就繞了回來，真的很小，完全不用擔心會迷路。家裡還有個小巧的院子，好像不久前還有人在院子裡種過菜，院子旁邊有個水龍頭，還有一條捲起來放在地上的綠色塑膠水管。

我看了看屋裡，家具、生活用品竟然一應俱全，我很吃驚，原以為這裡大概會是棟空房子，但現在感覺倒像走進了別人的家裡。

「最近有人在這裡住過嗎？」

「有個朋友的朋友曾在這裡住過，不過死了。那個人沒有家人，也沒有人來要回這些家具……」

伯父似乎不太願意談及那個以前在這裡住過的人。

感覺上，好像這裡的生活原本井然有序，可是某天主人突然消失了。主人的所有東西都原原本本地擺在這裡，老電影的月曆、用圖釘釘在牆上的明信片、木架上的碗筷、書、錄音帶，還有小貓外形的擺設。

「這些家具你隨便用吧，反正主人已經不在了。」

二樓有個房間，似乎是前主人的臥室。那個房間朝南，房裡很明亮，窗簾開著，和煦的陽光照了進來。從房內擺放的家具和小擺設來看，就知道前住戶是位女性，而且很年輕。

窗邊有一盆盆栽，盆裡的植物沒有枯萎，也沒有灰塵。花盆十分乾淨，就像每天都有人在打掃一樣，這一點讓我覺得有些奇怪。

因為不喜歡陽光，於是我拉上了窗簾，走出房間。

二樓的另一個房間是暗房，裡面擺著顯影液及定影液，門口掛著厚厚的黑布簾，是用來遮擋光線的。房內彌漫著一股醋酸的味道，弄得我幾乎要打噴嚏。桌子上面，放著一台沉甸甸的照相機。前住戶似乎很喜歡照相，單從親自動手沖洗照片這一點來看，就知道她很用心。在房裡隨便翻看一下，便找到大量照片，有風景的，也有的像紀念照，照片上的人物老少都有，我想留著以後慢慢欣賞，便把照片塞進包包裡。

書架上放著沖過的膠卷底片，分別放在不同的紙袋裡，上面用油性筆寫著拍照日期。我本想拉開她工作桌的抽屜看看，但還是放棄了，因為抽屜把手上有很小的字寫著「印相紙」。這些相紙一旦感光就會報廢。

走出暗房後，我發現剛才那間朝南的房間很明亮。我剛才明明拉上了窗簾，不知為何又被拉開了，是伯父打開的嗎？應該不是，伯父一直在一樓。我沒多想，只認定是窗簾的軌道傾斜了。

大學開學的前幾天，我搬了進來。所謂的搬家物品，就只有一個袋子，家具就用前住戶的。

第一次在屋裡聽到小貓的叫聲，是搬家當天，我在客廳裡休息的時候。聲音從院子裡的某個角落傳來，起初，我還以為自己聽錯了，沒有理會。結果不一會兒，那個小傢伙竟然鑽進了屋內，而且樣子十分悠閒，似乎牠才是這棟屋子的主人。那是一隻白色小貓，我的雙手正好可以捧起牠的大小。我和伯父來看房子的時候，牠大概躲起來了。看樣子是前住戶養的小貓，儘管主人去世了，但牠仍然留在家裡。小貓一點也不怕生，在屋裡跑來跑去，掛在脖子上的小鈴鐺發出清脆的聲音。

起初我有點猶豫，不知該如何打發這個小傢伙，伯父並沒有告訴我家裡還有這樣的累贅，我需要的是一個人的安靜日子，要是和小貓一起就沒意義了。我也曾想過把牠隨便扔到哪個地方算了，但是最後還是作罷。我坐在客廳，小貓大搖大擺地從我前面走過，我不禁正襟危坐起來。

那天，鄰居木野太太過來打招呼，倒把我累垮了。她站在門口，一邊像在鑑定商品般打量我，一邊跟我說話，可是我根本不想和附近的人接觸。

她騎著一輛非常吵的自行車，煞車的時候，那金屬摩擦的聲音即使幾十公尺之外也聽得見。起初我聽得很不舒服，後來沒辦法，只好當作是一種新奇的樂器了。

「我這腳踏車的煞車，是不是快要壞掉了？」她這樣問我。

「不是快要，是已經壞掉了。」當然，這話我沒說出口。

不過，當她說到以前住在這棟房子裡的人時，我還是不禁專注起來。木野太太告訴我，以前住在這裡的是一個叫雪村崎的年輕女子，她經常拿著照相機在附近散步，替鎮上的人拍照，鎮上的人也很喜歡她。可惜就在三個星期前的三月十五日，她在自家玄關被人用刀刺死了，兇手到現在還沒找到。

鄰居直勾勾地盯著玄關的木板，我突然意識到，自己站著的地方，就是當時的命案現場，於是趕緊退後了一步。我被騙了，伯父從沒告訴我這件事。那件案子也不過就是前陣子的事，這裡來了很多警察，引起不小的騷動。

「她養的那隻小貓一下子沒了主人，也沒有人餵牠，現在肯定很不好過吧？要是天天出去找垃圾吃該怎麼辦啊？」

那女人臨走時對我說。

不過在我看來，小貓並沒有顯露出不好過的樣子。牠身體很健康，好像每天都有人餵牠，家裡的垃圾桶內有個裝貓糧的空盒子，像是剛打開的。難道有人趁我不注意，進來餵貓？

而且，根據我的觀察，小貓似乎根本沒意識到雪村已經死了。牠仔細地舔著自己白色的毛，悠閒地躺在緣廊上，安詳幸福地過著牠從以前可能就是如此舒服的日子。難道是小貓的感覺遲鈍嗎？不，似乎並非如此。

我還發現，小貓經常做出像是向熟人撒嬌的舉動。起先我還以為是自己多慮，但愈觀察，就愈覺得小貓的行動很不尋常。

明明什麼東西也沒有，但小貓還是仰起頭來向上望，表情是那樣的天真無邪。有時還好像被看不到的東西撫摸一樣，瞇起眼睛，發出滿足的叫聲。

經常看到其他貓兒往人的腿上蹭，但這隻小貓有時候會想往什麼也沒有的空間靠上去，結果撲了個空，幾乎跌倒。有時候牠又會像被某種看不見的東西追趕一樣，晃著脖子上的小鈴鐺在屋裡跑來跑去，好像在被牠的主人追趕著。

小貓似乎對雪村仍然在家裡的事深信不疑，對於我這個新來的房客，反而有點感到詫異。

起初，小貓不肯吃我給牠的食物，不過很快牠就開始吃了。我似乎到這時才真正被小貓接受，而小貓也似乎允許我住在這個家裡了。

有一天，我從學校回到家時，小貓正躺在客廳裡。牠似乎很喜歡原主人的舊衣服，經常躺在上面睡大覺。每當我想拿開那些破破爛爛的舊衣服時，牠都會馬上叼起來跑到一邊，真的當成寶貝一樣。

客廳裡有一張雪村崎留下來的小木桌，還有一台電視。她好像有蒐集小擺設的習慣，我剛來這裡的時候，電視和書架上擺著各式各樣的小貓擺設，但是全都被我收起來了。

大概是我早上走的時候忘了關電視吧。屋裡一個人也沒有，電視卻開著，正在播放古裝劇《大岡越前》，而且還是重播。我關上電視的電源，往二樓自己的臥室走去。

我沒有用雪村用來當作臥室的房間，而是用了別的房間。畢竟她剛遇害，我不想住在她住過的房裡。每次我來到大門口的時候，都會想到死在那裡的雪村。她遇害時沒有目擊者，但據說附近的人聽到她和別人爭執。案件發生以後，警察就經常在這附近巡邏。

我欣賞著雪村留在暗房裡的大量照片，心情不知不覺變得憂鬱起來。聽他們說，雪村經常在附近拍照，拍了很多鎮上居民的照片，她的照片裡，全都洋溢著人們的幸福神情。她總是能抓住人們喜悅的表情，幸福的一瞬。我想，她之所以能夠拍到這樣的照片，是因為她也是幸福的。她一定是個喜歡陽光、正面思考的人，這一點，我就跟她大大不同了。

我打算吃飯，於是到了一樓的廚房想準備飯菜，這才發現，客廳裡傳來電視的聲音。按理說，電視應該已經關掉了才對，不知道什麼時候又被打開了，實在是太奇怪了。難道是電視機壞了？客廳裡只有一隻打著瞌睡的小貓，而電視上仍播放著剛才那齣《大岡越前》。

奇妙的現象不只發生在那天。第二天、第三天，一到《大岡越前》播放的時間，在我不在的時候，電視就會被打開。有時即使轉了頻道，當我稍不注意，桌子上的遙控器就會換了地方，節目又回到古裝片上。我仍舊懷疑是電視機出了毛病，只是感覺總有點講不通。因為一切跡象都顯示，似乎有人躲在家裡，看我不在就開電視。每次到了電視劇的時間，小貓就會躺在客廳裡睡覺，那表情和神態就像依偎在母親身邊的孩子。我覺得這屋裡似乎有著某種東西每天在收看《大岡越前》，而小貓也很喜歡和這不明物體在一起。

自從有了這個感覺，每當我看書、吃飯的時候，就會覺得好像有人在盯著我。但是每次回頭看，卻只看到小貓在那裡打瞌睡。

我每次都會記得要把窗戶關好，拉上窗簾。只要聽到從窗外傳來宛轉的小鳥叫聲，我就會想把耳朵捂住；只有這昏暗中的孤獨和潮濕得能孳生細菌的空氣，才能給我的內心帶來安寧。可是，當我醒過來，就會發現窗戶和窗簾又打開了，就好像有人透過這種方式來告誡我：「要時常打開窗戶通風，才有益健康！」於是，我這間不健康的房裡，也射進了具有殺菌作用的溫暖陽光，吹來了柔和而乾燥、像新毛巾般的微風。我再次環視房間，除了我自己，還是沒有任何人。

有一天，我在屋裡找指甲剪。我以為家裡一定會有這樣的小工具，所以沒有買來，畢竟雪村不可能不剪指甲。

「指甲剪、指甲剪……」

我一邊找，一邊在嘴裡嘟囔著，突然發現桌子上不知什麼時候，竟放著一把指甲剪。剛才桌子上明明什麼都沒有，就好像有某個人知道指甲剪放在哪裡，看到我這個剛剛住進來的大學生費盡了力氣還是找不到，實在不忍心了，就把指甲剪拿出來放在那兒。而知道指甲剪位置的，依我看來，只有可能是那個人。

怎麼可能？哪有這種事？我思索了很久，終於意識到大概是那個被殺害的人，雖然現在沒有了形體，卻仍留在這個世上。而我也明白了她的意願，決定任由這位前住戶繼續留在這棟房子裡。

2

我一個人躲在大學餐廳的角落裡吃飯，從沒想過要找一個和我一起吃飯的朋友，那太麻煩了。

這時，一個男生突然坐到我面前，是我不認識的人。

「就是你搬到那個被害女生家裡去住的吧？」

這人叫村井，是比我大一年的學長。一開始，我對他的問題只是敷衍了事，但看來他並不是壞人。他似乎很喜歡交朋友，交遊廣闊，不管和誰都合得來。

我和村井的來往就是從那天開始。說是來往，其實也未達朋友的程度，只有有時去買東西或是需要去車站的時候，會坐他的愛車Mini Cooper。那是輛外形可愛的水藍色轎車，停在路邊的時候十分引人注目。

村井很受歡迎，同學們都喜歡他。他很隨和，我不喜歡喝酒，他也從來不逼我。他經常被一群人包圍，與大家談笑風生，這種時候，我總是悄然離開，沒有人會注意到我。我不喜歡加入他們的談話，與其坐在一邊聽他們談笑，倒不如一個人到校園裡，坐在長椅上欣賞樹木的老根，因為這樣能讓我心裡平靜。我不喜歡和很多人在一起，我覺得獨自一個人的時候，心情比較平靜自在。

村井的朋友們全都精力充沛，又愛說笑，而且他們有錢又有行動力，所以特別能玩。我總覺得自己和他們簡直是生活在兩個不同的世界。

跟他們一比，我覺得自己就像低他們一等的生物。而實際上，我那沒有熨過的皺巴巴的衣服，還有一開口就結巴的毛病，都成了他們的笑柄。加上非到必要，我通常不會發表自己的意見，所以我給他們的印象，就是個不愛說話又沒有感情的人。

有一次，他們做了一個實驗，地點就在學校裡的A棟大廳。

「我們馬上就回來，你在這邊等一下。」

包含村井在內的一群人說完這句話就走了。我坐在大廳裡的長椅上，一邊看書，一邊等他們。周圍有很多學生來來去去，我等了一個小時，可是誰也沒有回來，儘管心裡有些著急，但我還是繼續等下去，又看了一個小時的書。

這時，只有村井回來了，他臉上的表情很複雜。

「你被他們耍了，就算你等再久也沒有人會回來的。他們故意不回來，是想在旁邊觀察你焦急的樣子，可是大家實在不耐煩，早就坐車回去了。」

「哦，是嗎？」我只說了這句話，就闔上書，站起來準備回去。

「你不生氣嗎？大家抱著好玩的心態想要觀察你著急的樣子耶。」村井說。

對我來說，這是常有的事，所以無所謂。

「這種事情，我早就習慣了。」

我快步離開，把他一個人拋在身後，從背後感覺得到村井在注視著我。

我從一開始就覺得自己根本不適合待在他們的圈子裡，他們身上有太多東西，是無論我再怎麼努力都不可能得到的。也正因為如此，每次和他們交談後，我都有一種絕望感，甚至還會有種類似憎惡的感覺。

不，我憎惡的對象不僅是他們，我對所有的東西都憎恨、詛咒，特別是太陽、藍天、鮮花、歌聲，諸如此類的事物更是我極力詛咒的對象。我甚至覺得，那些滿面春風地走在大街上的人，全都是腦袋有毛病的傢伙。我否定全世界的事物，藉此呵護內心唯一的安寧。

因此，我才對雪村拍攝的照片感到驚訝。她的攝影作品裡有一種深刻的內涵，就是對任何事物都持肯定的態度。不管是我學校的校園風光、房子、池塘、草地或綠地公園，她的攝影作品裡都充滿了耀眼的光芒和力量。從她拍的小貓和小孩子做「V」手勢的照片中，可以看出她是個非常溫柔，而且很有親和力的人。我沒有見過雪村，但我可以想像，只要她舉起照相機，就會有很多小朋友爭先恐後地跑過來讓她拍照。

要是我，就算面前的東西完全和她一樣，我們視線所捕捉的恐怕是完全不同的東西吧。雪村擁有健康的內心，她看世界只選擇光明的一面，用幸福的濾光鏡包容世界，那種幸福就像潔白柔軟的棉花糖。而我卻做不到。我所看到的，只是光線背後的陰影，世界宛如冰冷的怪物。這世界真是太無常了，不讓我這樣的傢伙死掉，反而讓她那樣的人離開。

回家後和小貓玩一玩，在學校裡的不快情緒就漸漸消失了。我想起了村井，儘管其他人扔下我一個人不管，畢竟他回來了。

那件事情之後，我並沒有和村井斷絕往來，還是和以前一樣，一起在學校餐廳吃飯、坐他的車出門。唯一的變化就是當他們談笑風生，我悄悄離開的時候，村井也會靜靜地走出來，追上已經走遠的我。

「下次到你家玩怎麼樣？」

村井曾這樣問過我，但我拒絕了。我不願意讓其他人到我家來，而且家裡那麼多怪異的現象，我擔心他看到會大吃一驚，然後會避開我。

每天一到早晨，窗簾就會被拉開，不用說，這是前住戶幹的好事。

我選擇了朝北的房間，就是不想讓陽光照進來。儘管如此，要是拉開將我和世界隔開的那塊布，房裡面還是會很明亮。本來我是想拉上窗簾，在昏暗的房間裡營造我的小天地，但看來這個計畫不得不放棄了。因為不管我怎樣努力維持拉上窗簾的狀態，過不了幾分鐘，窗簾又會被拉開，反覆多次後我就放棄了。前住戶在開窗通風這一點上，似乎對我毫不讓步。

晚上躺在被窩裡，閉上眼睛，就會聽到走廊上傳來腳步聲。寂靜的黑夜裡，地板上咯吱咯吱的聲音愈走愈近，然後對面房間的門打開了，聲音就消失在那個房間裡。那正是雪村崎的房間。

不可思議的是，我並沒有對這個現象感到恐懼。

雖然我看不到雪村的身影，但是有時候，在我不注意時碗筷就洗好了，夾在小說裡的書籤也會神不知鬼不覺地換了地方。還有，即使長時間沒有打掃，屋子裡卻一點灰塵也沒有，大概是她趁我不注意的時候打掃的吧。起初每次感覺到她的存在時，我都會有點困惑，但慢慢習慣了以後，倒覺得再自然不過。

乾燥的榻榻米上，小貓瞇著眼睛，愜意地把臉埋在牠最喜歡的舊衣服裡熟睡。小貓經常對著某種看不見的東西撒嬌，跟牠玩的一定就是雪村。我曾仔細觀察過小貓所面對的方向，但還是什麼也看不到。

我和雪村之間也不時發生個人喜好上的衝突。剛剛搬過來時，電視上面擺了很多小貓的裝飾品。在電視上放東西，是我絕對不能忍受的事，因此我把它們全部收起來，可是過了不久，那些小擺設卻又回到原位。之後我又收拾了好幾次，可是第二天它們還是又回到電視機上。

「把這些玩意放到電視上，只要一點震動就會掉下來，看電視的時候又容易分散注意力，有什麼好的！」

即使我這樣發牢騷也沒用。

而且她好像也不太喜歡我播放自己喜歡的音樂CD。趁我去洗手間的時候，她就把她收藏的落語CD放了進去。她竟然有這種喜好，可真是老氣。

又過了一段時間，我在清晨被切菜的聲音吵醒，走進廚房一看，原來早餐已經準備好了。我從學校回到家後，總是先到二樓的房間放下書包，可是等我再回到客廳準備休息一會的時候，就會發現桌上已經準備了咖啡。雪村的存在，愈來愈明顯了。

不過，我所感受到的雪村，往往只是一件事情的結果。眼前原本明明沒有咖啡，稍不注意，景象就發生了變化。我總在想，她是如何把咖啡杯從廚房的架子拿到客廳的桌子上呢？是從空中飄過來，還是把杯子滾過來的呢？而最重要的是，她有為我沖咖啡的意志。

另外，我注意到，她活動的範圍似乎只局限於家裡和院子裡。到了收垃圾的日子，裝有廚餘的垃圾袋總會放在門口，她似乎沒辦法把垃圾拿到外頭回收垃圾的地方。

有一天，我看到桌子上放了一個空空的咖啡瓶子。「哦，是想要我去買回來吧。」我很自然地理解她的意思，立刻就去買了回來。

雪村是幽靈嗎？如果是的話，那她的行為卻沒有一件像幽靈。她並沒有故意讓誰感到害怕，也沒有向我訴說自己被殺害的痛苦，更沒有展現出她半透明的身體，只是平淡地、安靜地繼續她以前的生活。與其說是幽靈，不如說是對世間還有迷戀。

儘管我看不到雪村，但她在我身邊，的確讓我感到一絲溫暖，也讓我心中產生一些感動。可是，關於她和小貓的事，我從沒對任何人提過。

有一天，我和村井開車去買東西。水藍色的渾圓車體在公路上飛馳，過了不久，那個我和伯父一起看到過的池塘便出現在車窗外。那個地方我倒是經常路過，並不是散步，而是因為每天上學必須經過。我走路的時候，幾乎只看著自己的腳尖，所以也沒有怎樣好好地看過這個池塘。

「聽說這個池塘淹死過一個大學生。」

我輕聲說。村井像從夢中驚醒過來一般，他說：

「死的那個人，是我的朋友喔。」他手握住方向盤，眼睛注視著前方，跟我講起他那死去的朋友的事。「我跟他從小學的時候就很要好……」

汽車漸漸地放慢速度，最後停靠在路邊。村井的意識遠飄，彷彿看到還在世上的朋友一樣。

「他去世那天，我跟他吵過架。當時喝了點酒，爭執了兩句。那天晚上，我們幾個好朋友聚在一塊，喝得很盡興，結果就喝多了。借著點酒勁，我對他說了一些過分的話。結果，第二天早上就有人在池塘裡發現了他的屍體。聽警方說，好像是清晨的時候，因酒醉而不小心掉到池塘裡淹死的。即使我現在想跟他說對不起，他也已經不在了。真的，要是可能的話，我真想再見他一面，跟他說說話……」

村井的眼睛有些泛紅。

「你不要緊吧？」

他緊閉著眼睛，把臉埋在雙手中。

「沒事的，只是隱形眼鏡有點脫落……」他撒了個謊，繼續說下去。「我那個朋友跟你很像。當然，長相完全不一樣……那傢伙跟你一樣，每當碰到人際關係不順心的時候，都會帶著一副已經放棄的表情說：『這種事情，我早就習慣了。』那種表情就像在說，這個世界不會再變好了……」

村井不逼別人喝酒，大概是由於朋友是因此去世的吧？雪村的房間裡好像還有一些沒扔掉的舊報紙，我突然有一個想法，想去找出事後第二天的報紙，說不定上面會有些相關的報導。

接下來幾天，每當我路過池塘的時候，都會多幾分注意，看看是否能找到村井的朋友。或許他的朋友像現在的雪村一樣，還透明地活在這個世界上呢。

有一天，我從學校回來，發現庭院裡曬著衣服。我記得自己並沒有洗衣服，一定是雪村幫我洗了，還幫我晾到庭院的曬衣竿上。我坐在緣廊上，看著隨風飄揚的衣服，在耀眼的陽光下，潔白的襯衫閃閃發光。

院子的小菜園裡，不知從什麼時候開始長出了嫩芽，而且已經長得很高了。雪村在別人不注意的時候，依舊繼續照顧家庭菜園。我從來都沒有注意這裡的植物，如今這座院子裡的一草一木，似乎都是今天才看到的。

仔細觀察，我發現院子裡的植物滴下的水滴在地上形成了小水坑，水面倒映著蔚藍的天空。我想，雪村大概是用塑膠水管澆水的吧。儘管不太清楚，但我想她一定經常為這些植物澆水。

她很喜歡植物，常常會把從院子裡摘來的小花插在花瓶裡，我有時會不經意地發現，連我房間的書桌上也放著不知名的花。要是在以前，我可能會想這女孩真多事，因為像花呀草呀之類的東西，全都是我憎恨的對象。不過非常奇怪的是，當我意識到這是雪村擺的花瓶時，心裡就能接納這種行為了。

她已經死了，如今留在這裡幹什麼呢？她似乎是個大閒人，有時還會故意弄點惡作劇來作弄我，譬如故意把我的鞋帶打死結，讓我根本解不開；六月還沒結束，她就把月曆翻到七月；有時到學校打開包包，卻發現裡面有一個電視的遙控器，真教人不知道她葫蘆裡賣什麼藥。

有一次，我在家泡泡麵，她故意把家裡所有的筷子和叉子都藏起來，等了三分鐘我才注意到沒有筷子，於是萬分焦急地在家裡翻箱倒櫃，因為「不趕緊找到筷子，麵就會泡得太軟了！」最後，我只好用兩支原子筆當筷子吃完那碗麵。

當時，小貓就趴在我身旁，用牠那天真無邪的眼睛盯著我，我才突然驚覺自己到底在幹什麼啊，覺得有點心情低落。我非常確定雪村當時一定是站在小貓的旁邊，然後幸災樂禍地看著我出糗。小貓和她似乎永遠是一對，我看不到雪村，所以無法百分之百肯定，但我知道小貓總是盡力跟著牠的主人。儘管我看不到雪村，但小貓卻把她的位置告訴了我。小貓對雪村來說，就好比牠脖子上掛著的鈴鐺。

「妳做的事情一點都不像幽靈做的，偶爾也來點稍微恐怖的事，怎麼樣？」

我曾經朝著小貓的方向，以略帶幾分挑釁的語氣，惡作劇似的對她說。

結果第二天，桌子上就出現了一張應該是她寫的紙條，上面的內容很是嚇人。紙上密密麻麻地用很小的字寫著：「我好痛喔。我好痛苦。我好寂寞……」之類的話，不過她似乎寫到一半就膩了，紙上只有一半寫了字，最後的一句話是「我也想吃拉麵啦。」這就算了，總之，這算是她第一封寫給我的信，我沒有撕掉，決定保存下來。

之後，儘管我再沒有對看不見的雪村說話，但很奇怪，我總覺得自己似乎能和她交流了。

每到星期一深夜，廚房裡的電燈就會亮起，接著傳來收音機的聲音。大概在這個家裡，收音機訊號最強的地方就是廚房吧。每週的這個時間，電台會播放雪村喜歡的節目。

有一天晚上，我久久不能入睡，側耳傾聽，可以聽見樹枝在搖曳。這時，我聽到房外傳來人的說話聲，發現是收音機裡傳來的之後，便起身跑到樓下。一樓的客廳裡亮著燈光，桌上擺著一台手提音響。不知道為什麼，當下我心裡感到很溫暖，一種非常踏實的感覺油然而生。

雪村在聽收音機時，小貓並不在身邊，大概正枕著牠喜歡的舊衣服作美夢吧。雖然小貓不在，但是我可以確定她就在那裡聽著收音機。因為收音機上顯示電源打開的紅燈亮著，桌旁的椅子也被拉了出來。

我看不見她。但是就在那一刻，我似乎看到了，眼前的她就坐在椅子上，支著腮，一邊搖晃著腿，一邊出神地聆聽她喜愛的節目。

我坐到她旁邊，閉上眼睛，靜靜地聽著喇叭裡傳出來的聲音。屋外，風愈颳愈大，房內卻像大雪封山般寂靜，我的心情平和起來。我輕輕伸出手，伸向她坐著的位置，可是那裡什麼也沒有，只感到空氣有點溫暖。我想，那大概就是雪村的體溫吧。

3

六月最後一個星期的某天，上午本來還是烈日當空、晴空萬里，可是到了下午，卻突然下起雨來。我在從學校回家的路上被淋得渾身濕透。我沒有帶傘出去，途中也不想再去買了，反正，我又沒有什麼東西是不能弄濕的。

路過池塘的時候，那裡一個人也沒有。人行道的旁邊，每隔一段距離就擺著一張長椅，如今它們也百無聊賴地朝著湖面。被雨點擊打的湖面在交織的雨簾中變得朦朦朧朧，水面和森林都在煙霧迷濛之中縹緲。周圍沒有任何生物，只有寂靜的雨聲支配著池塘與森林。我被這超脫現實的風景吸引住了，靜靜地站在雨裡看著湖面，陷入了沉思。雖然時值初夏，但卻感到寒冷。

眼前這片倒映著灰色天空的平靜湖水，曾經帶走了村井的朋友。不知不覺中，我彷彿被水面吸引過去般，開始朝著湖面走去，一直走到低低的矮柵欄前，而我竟然沒有察覺。

我一直覺得村井的朋友現在仍徘徊在這個池塘附近，這種感覺一直沒有消失。雖然遺體已經移走了，但他會不會像雪村一樣，到現在仍在池塘附近載浮載沉呢？我覺得有必要再搜查一下周圍，雖然我用肉眼看不到，但說不定小貓就能看到呢。我想村井也該跟他的朋友談談，等時機成熟，我們一定要帶小貓來這裡。

我離開池塘，朝家裡走去，我想她一定已經在玄關準備好乾毛巾了。也可能她料到我會濕漉漉地跑回家，已經準備好乾衣服了。甚至為了讓我暖和身體，已經幫我準備了熱咖啡。

突然，我感到一種莫名的傷感。這樣的日子還能持續多久呢？分別的時刻總是要來的，或許再過一段時間她就會離開，奔向那個人們最終的去處。可是，為什麼她現在不走呢？為什麼她在失去生命的那一刻，沒有離開這個世界？難道她惦記留在家裡的小貓？

聽警方說，殺害雪村的是一個強盜，而且直到現在都還沒找到兇手，即使到現在，警方仍不時會來這邊打探消息。雪村很活潑，周圍的人都喜歡她，但她在這附近沒有同年齡的熟人，所以應該不是熟人下手的。她的死，彷彿就是一種不幸，被一個突如其來的強盜奪去了生命。一切好像純屬偶然，就和被雷擊中、飛機失事之類的死法一樣，她的死只讓人感到世事無常。

的確，這世界上有太多讓我們絕望的事情，我、村井都沒有能力與之抗衡。我們只能匍匐在神的面前不斷祈禱，我們只能閉上眼睛、堵住耳朵、縮起身體，等待那些悲哀的事情從我們的頭上掠過。

現在的我，能為雪村做些什麼呢？

我一邊思索，一邊走回家。到了家裡，我用了放在玄關的乾毛巾，換上她替我準備好的乾衣服，喝著冒熱氣的咖啡，這時我才感到有點頭痛，我感冒了。

之後接連兩天，我都是躺在床上度過的。朦朧之間，我感到自己的腦袋裡似乎裝了鐵球，疼痛萬分，身上的肌肉就像吸了水的海綿。這兩天，我成了世界上最呆鈍的動物。

睡夢中，經常會感到小貓跳到我的被子上。隔著被子，我感覺到小貓四隻軟軟的小腳，聽到牠的叫聲，心情似乎輕鬆了許多，原本乾涸了的心，彷彿一下子被滋潤了。小貓跟我剛剛見到牠的時候相比，已經長大了不少，幾乎都不能再叫牠小貓了。

在我生病期間，是雪村在照顧我。每次當我醒來，額頭上總是放著一條濕毛巾，枕頭旁邊會有一個盛水的洗臉盆，還有一個水壺和退燒藥。

我渾身無力，只能閉著眼睛繼續昏睡。朦朧中，我聽見雪村從樓下走上來，腳步踏在地板上，發出簌簌的聲音。跟在她的腳步聲後面是一串悅耳的鈴鐺聲，不用說，那是掛在小貓脖子上的東西。雪村來到床前，坐在我身邊。她大概在注視著我的臉，因為我能清楚感覺到她溫柔的目光。

在三十九度的高燒中，我作了一個夢。

我、雪村還有小貓在池塘邊散步。湛藍的天空下聳立著一片茂密的森林，我們和小貓沐浴在和煦的陽光裡，紅磚小道上留下三道清晰的身影。池水清澈得像一面鏡子，水面倒映著一個精美的複製世界。我的身體輕飄飄的，每走一步，都感到自己像要飛起來。

雪村的脖子上掛著一台照相機，那照相機大得跟她玲瓏的身材有些不相稱。她在拍照，什麼東西都拍。現實中，我並不認識她，不知道她長什麼樣子，也不知道她有多高，可是在夢裡，我好像很早以前就見過她，我知道她一定就是雪村。她步履輕盈地走在前面，還不停地催促我跟上去。她似乎有無窮的好奇心，想看更多更多的東西，也想把更多更多的事物留在她的鏡頭裡。那是一種非常純潔的好奇心，也多少有些幼稚的冒險精神。

小貓跟在我們身後，挪著小腳步拚命地追趕著我們。風是那樣的輕柔和煦，我看到小貓的鬍鬚也在風中搖擺。

碧綠的池水反射陽光，水面就像撒了寶石般閃閃發亮。

我從夢中醒來，又回到現實中昏暗的房間裡。窗外傳來汽車排氣管的聲音，我側過臉，想看看時間，結果搭在額頭上降溫的毛巾掉到一旁。

我流淚了。剛才那個夢，是多麼幸福的夢啊。當然，我之所以哭，並不是希望雪村能繼續活著。

這原本就是一個我不應該作的夢。夢裡的世界，是一個我無論如何也走不進去的世界，那個世界充滿了陽光，遺憾的是我總被拒於門外。我坐起來，抱著頭哭泣，眼淚簌簌地落到被子上，被棉被吸了進去。就在和雪村、小貓一起生活的日子裡，我的精神世界似乎產生了變化。我甚至有一種錯覺，以為自己也可以和普通人一樣，在幸福的天地裡生活，所以才作了那個幸福的夢。然而睜開眼睛回到現實後，寂寞的惆悵又席捲而來。以前我為了抑制這樣的想法，曾經敵視、憎恨這個世界，藉以保護自己的內心。

不知何時，房門打開了，小貓在一旁抬頭看著我，雪村大概也在旁邊，正關切地看著這個脆弱的生病大學生，然後歪著頭問我：你為什麼會這麼消沉呢？

「我不行了，我活不下去了。我努力過，但什麼事情都做不好……」

雪村好像十分擔心地坐到我身旁。儘管看不到她，但我可以感覺得到。

「從小……不，現在也是，我是一個非常怕生的人。有時候，即使來了很多親戚，我也不會和他們說話，從那時開始我就不擅長說話。我有個弟弟，他和我不一樣，他很會討人歡心，所以大家都喜歡他、疼他。我羨慕他，我也想變成像弟弟那樣的人……」

但我做不到。不管我再怎樣強迫自己去努力，還是不能像弟弟那樣令別人高興。我也曾夢想讓別人喜歡我，但那個夢想簡直太不切實際了。

「我有個很漂亮的姑姑，就是我爸爸的妹妹，我特別喜歡她，不過我的姑姑喜歡弟弟，經常和他有說有笑的。有時候，我也想跟他們說笑，但是我做不到。記得我有一次曾經加入過他們的談話，當時我心情特別激動。姑姑跟我說話了，然而我的回答根本不是大人們所期待的孩子氣的答案，我根本不會。然後，我看見姑姑臉上流露出失望的神情。」

我心中隱藏了太多痛苦，那些痛苦壓得我喘不過氣來，而雪村一直注視著我的臉。

「我覺得自己已經很努力了，但是不行，他們不接受我。對於像我這麼笨拙的人來說，活在這樣的世界上實在太痛苦了。與其如此，倒不如什麼都不要讓我看到。看到了明亮的世界，我就會更強烈地體會到自己是那樣的陰暗、卑微，只會讓我更加難受而已，這種時候我甚至想乾脆把自己的眼珠挖下來算了。」

我的臉上感覺到一絲溫暖。我知道，那是坐在我身旁的人的手的溫度，但是，我還是盡力想忘掉她的溫暖。

有一天，小貓不見了，到了晚飯時間都還沒有回來。小貓喜歡的舊衣服凌亂地鋪在地上，我把衣服疊好，放到房間的一角，心想如果是出去玩的話，那未免回來得太晚了。雪村只能在家裡和院子裡活動，所以沒辦法到外面去找。屋子裡亂得很，看得出小貓沒有回來讓雪村也很焦急。

難道是迷路了？如果只是迷路的話，那就太好了。我也非常擔心，決定到附近找找看。我的腦子裡一邊想像著最壞的結果，一邊找，最後竟開始尋找那些被壓死在路上的動物。因為小貓和小狗經常在路上被車壓死，然後像餅一樣貼在地上。

恐懼開始襲擊我的內心，我到這時才發現自己的心思竟有大半都被這隻小貓占據了。每轉一個路口，當看到路面上很乾淨、沒有動物屍體的時候，我都會鬆一口氣。找了大半天，身後突然有汽車喇叭聲，回頭一看，竟然是村井的小轎車，我趕緊跑了過去。

「之前的住戶留下了一隻貓，我留下來養，可是今天牠一直沒回家，我很擔心，就出來找一找。是一隻白色的貓，村井，你有沒有看到？」

「你也養貓？我可是第一次聽說呢。剛才倒是看到一隻褐色的野貓，但是沒看到白色小貓。」村井回答。

村井大概是不忍心看到我魂不守舍的樣子吧，他也開始幫我尋找。我們先把車停在我家，然後走到附近去找。幸好家裡還有停車的空間。我們拿著手電筒一直找到深夜。

最後還是找不到，沒辦法，我們只好回家。家裡一片凌亂，雪村一定也很擔心。電視一直開著，翻出來的東西也亂堆在一邊，從這個情形看來，雪村也是一點頭緒也沒有。

這還是我第一次讓村井到家裡來，他有時也想到我這裡玩，但我總是找出各種理由婉言拒絕。

回到家裡，我們都滿身大汗，洗臉的時候，客廳桌上就擺上了兩杯茶，村井覺得很奇怪。

「剛才我進來的時候，還沒有茶吧？你跟我一起去洗臉的，那這是誰倒的茶呢？」他歪著腦袋想了想。「總之今天很累了，喝點啤酒換換氣氛吧，你一定會找到小貓的。」

家裡沒有酒，只能出去買了。從家裡走到賣酒的商店要八分鐘，村井好像已經累得一步也走不動了，於是我就自己出門。我一面挑選自己平常不太買的酒，一面惦記著在家裡等待的村井。畢竟剛才他看到了一些奇怪的事情，我離開的這段時間，雪村會不會對他做一些惡作劇呢？當晚，我們喝完酒後就分開了。

「要是找到了小貓，一定要讓我摸一摸喔。」

村井臨走時這麼說。他離開後，我開始收拾亂成一團的房間。

沒有了小貓，我就不知道雪村在哪裡了。突然聽不到鈴鐺的響聲，還真有一點寂寞。雪村大概以為小貓躲在家裡的某處吧，電視和書架的位置都挪動了，大概是她找小貓的時候搬動過吧。

來到二樓，我發現暗房門口的黑布半開著。雪村有時候也會到這間暗房來，她可能也來這裡找小貓。很多東西的位置都被挪動過，抽屜也被打開，裡面的印相紙已經感光，不能再用了。這些相紙，讓我想起那個作了幸福美夢後一時消沉不已的自己。

第二天，小貓回來了。

當時，我正在整理雪村的舊報紙，那些沒有扔掉的舊報紙都開始發黃了。我想，雪村為什麼保存著這樣的舊報紙呢？就在這時，院子裡傳來小貓的叫聲。

我幾乎已經放棄了，第一次聽到的時候，還有點不敢相信。這時，院子裡又傳來一聲小貓的叫聲，接著我又聽到鈴鐺的聲音。我知道這一次不會再聽錯，喜悅一下子湧上心頭。懸著的一顆心終於放了下來，當下竟然有一種想哭的感覺。

我連拖鞋都沒穿就跑到院子裡。打量了四周一番，只看見高高的雜草和菜園裡快要成熟的番茄，並沒有其他東西。這時我才意識到，我還沒有找過牆後面的地方。隔著院子的牆住著木野一家，就是那個騎著整輛車都在響的自行車的木野太太。可能是牆哪裡有個洞，小貓鑽到對面之後就回不來了。

還沒等我去找，鄰居木野太太就來了，手裡抱的正是那隻小貓。

小貓回來那天，整個下午我都在想小貓、雪村，還有村井的事。聽到旁邊小貓在叫，我更堅定了自己的決心。

「即使我現在想跟他說對不起，他也已經不在了。」

我想起了村井回想起自己的朋友時說的話。

我強烈地感覺到，我們必須去那個池塘一趟。

4

第二天下午下課後，西沉的夕陽染紅了天空。人行道上人影稀少，池塘邊只坐著我一個人，沒有風，絲毫不動的水面似乎將周圍一切的聲音都吸進去了。四周異常寂靜，沉靜的水面如同一面巨大的鏡子。

池塘邊隔著一定距離佇立的街燈亮了起來，周圍枝繁葉茂的樹枝像要戳進水中般向水面壓過去。我在路邊的長椅上坐了下來，這時，村井出現了。

「有什麼事？把我叫到這裡來。」

村井把車停在附近公園的停車場裡，走路過來。我挪了一下位置，他就在我旁邊坐下。這時，我的袋子裡發出小貓的叫聲。

「找到小貓了啊？」村井說。

我點點頭，把袋子放在膝蓋上。我特別找來一個大小足夠放進一隻貓的袋子，把小貓帶來。袋子裡傳來輕輕的鈴聲，還有刷刷的聲音，小貓似乎正在裡面亂抓。

「今天找你出來，是有件事想跟你說。或許講了你也不會相信，但我無論如何都想說給你聽，畢竟你的好朋友是在這個池塘裡溺死的。」

我跟他談起了雪村，談起了小貓，談到上大學後，我到伯父家去住。我還告訴他，本來已被殺害的前任女住戶的靈魂，到現在仍沒有離開那間房子。白天即使我想把窗簾拉上，她也不會答應。儘管我看不到她，但小貓每天都跟在她的身後。我還告訴他，小貓很喜歡雪村的舊衣服。

四周愈來愈暗，我們一動不動地坐在路燈下的長椅上。村井一直沒有插話，只是靜靜地聽著我說。

「竟然有這樣的事……」聽我說完以後，他長長地吁了一口氣。「你找我出來，就是為了告訴我這些事情？」

村井的聲音裡透出一絲不悅，很明顯，他根本不相信我剛才說的話。

我努力地使自己注視著他的眼睛。其實，我有點想移開視線，跟他說剛才那些話都是開玩笑的。可是我沒辦法自圓其說，也沒法收回那些話，而且我也覺得我沒辦法逃避這個問題。

「鄰居木野太太把小貓送回來之後，我突然覺得有好幾件事非常奇怪。譬如，雪村為什麼要把抽屜裡的相紙全都曝光呢？」

「你說的雪村，就是剛才提到的那個死掉的人嗎？」

「前天，就是小貓走失那天，雪村把家裡翻得亂七八糟，很多家具的位置都被移動了。這也是常有的事，所以當時我沒有馬上注意到暗房裡的情況。後來看到暗房裡很亂，我還以為是雪村幹的，可是仔細一想，她怎麼可能會把相紙毀掉呢？當時家裡裝相紙的抽屜是敞開的，而且遮擋暗房門口的黑布也打開了。我們是不是可以推斷，一個不太熟悉暗房情況的陌生人闖進去亂找東西的時候，不小心將絕對不能感光的相紙拿了出來？這個人沒有照相的知識，也不明白什麼是相紙，畢竟相紙表面看來和普通的白紙沒什麼兩樣。而就在這時，家裡的主人從外面回來，闖入暗房的人沒來得及好好收拾，就匆忙地離開了。換句話說，在暗房裡翻動東西的人，並不是雪村。」

「你先等等，剛才你一直說什麼雪村、雪村的，什麼幽靈，都是你自己編出來的吧？」

村井似乎極力想打破周圍的嚴肅氣氛，努力地堆起笑容說。然而，周圍靜謐的樹林和池水，讓他的努力都變成了徒勞。

「村井，前天晚上，你為什麼提議我們喝啤酒呢？你是不是想把我支開，叫我去買酒，然後一個人待在家裡？你明明知道我是不喝酒的，而且你也十分清楚我家裡沒有酒。你讓我去買酒，是想爭取一點時間在我家裡找東西吧？」

「我幹嘛要那樣做？」

「大概我家有什麼東西是你在意的吧？那天夜裡，是你闖進暗房裡，偷走了膠卷吧？你把我支開，然後在家裡四處尋找。暗房在二樓的一角，而那裡保存的正是按日期整理好的膠卷，所以你很快就找到了你要找的那一卷。」

「有人看到嗎？」

「有。趁我不在的時候，你在暗房裡發現了你要找的東西，而那時雪村就站在你的身後。你那時一定以為家裡就只有你一個人，但實際上還有另一個。雪村一開始也不清楚你在幹什麼，但當她看到你找的膠卷日期時，她一下子就明白了。然後，她就把拍攝那張照片第二天的報紙找了出來，就是這張。她昨天拿出來之後，一直放在外面。」

我拿出舊報紙，寫著前一天中午在眼前這個池塘裡，發現了一具大學生的屍體，那就是村井的朋友死去的報導。

「警方認為那個大學生是喝醉酒後，掉進池塘裡淹死的，事件就此結案。但真相恐怕是你讓他喝多了酒，然後把他推進池塘裡去的吧。事情發生的前一晚，你跟他吵架，那次的爭執就是你的殺人動機吧？」

在他的注視下，我感到十分痛苦。面對唯一的好友，我卻不得不說出這樣的事實，我開始詛咒自己的命運，而我的心正在滴血。

「你有證據嗎？」

我拿出了照片，是雪村拍的。我將照片和留在暗房裡的膠卷，還有第一次來伯父家看房子時的照片做了一番對照，然後，找出一張大概是被偷走的膠卷裡的照片，拿了過來。

那是一張池塘附近的風景照。早晨太過美麗的陽光令我焦躁，池塘邊停靠著一輛外形可愛的轎車，很明顯，雪村就是以這輛轎車為背景拍照的。

「你從暗房裡偷走的那卷膠卷，她早就沖洗出來了。你看，上面十分清楚地顯示著你的車，連車牌號碼都看得很清楚。從陽光的角度來看，時間是早晨，正當喝醉了的大學生掉進池塘的時候，在附近拍照的雪村碰巧拍到停在一旁的汽車。你知道她拍照的事，更擔心她如果察覺到照片的實際意義，會把照片公開。畢竟你跟朋友吵架的時候，其他朋友都在場看著，若被人問到，朋友在水裡快要淹死的時候，你怎麼不救他？難道就在一旁看著嗎？你也回答不出來。所以，你無論如何都要取回膠卷。」

村井注視著我的臉，一言不發。

「之後的這些話，可能是我的誤解，但也先請你聽完。村井，那天早上，你跟蹤雪村回家，知道了她住在哪裡。幾天後，你找機會來到她家，拿出兇器在大門口恐嚇她。其實你的目的只是取回膠卷，但雪村吵鬧起來，根本不聽你的，於是你只好刺死她。行兇的時候，你可能是戴著太陽眼鏡或其他東西，所以當你跑到暗房裡找東西前，雪村也沒有意識到你就是殺她的兇手。」

我的胸口很悶，不知不覺中，我竟然流了很多汗。

「刺死雪村之後，你逃掉了。由於當時沒有目擊者，所以你也沒有被捉到。你可能只是擔心留在她家裡的膠卷，但警方在沒有注意到膠卷的情況下，就斷定雪村的死是被強盜所害，你總算鬆了一口氣。因為這時已沒有人會再注意到那張可以將你和你好友的死連結在一起的照片了，所以你也沒有必要再大費周章地去找膠卷了。而且雪村家的周圍還時常有警察巡查，你也不敢貿然採取行動，因為那樣目的就太明顯了。就在這個時候，我搬進了這個家裡。當然，起初你跟我接觸可能只是出於好奇，但也可能你心裡一直有著某種僥倖心理，等有一天進入我家裡，可以在裡面自由搜尋的時候，再去找那個膠卷。儘管別人能夠領悟到膠卷實際意義的可能性已經很小，你還是希望能夠完全銷毀自己犯罪的證據。你最後也沒能夠抵抗這種想法。」

我覺得嘴很乾、口很渴。

「村井，我並不清楚你對你死去的朋友到底是抱著怎樣的感情，至少，那時在車上聽你講起他時，你是十分悲傷的。如果你真的為自己的所作所為後悔，我勸你去自首吧。也正因為如此，我才叫你來，跟你談這麼多。」

「不要說了，你想得太離譜了……」

他說完就站了起來。

我腿上放著的包包裡又傳來小貓的叫聲。

「村井，你還記得我們一起去找貓那晚的事嗎？那時候，我是這樣問你的：『之前的住戶留下了一隻貓，我留下來養，是一隻白色的貓，你有沒有看到？』之後，你是這樣回答的：『剛才倒是看到一隻褐色的野貓，但是沒看到白色小貓。』」

「那又怎麼了？」

「我當時也沒有立刻反應過來，原因是儘管後來小貓長得很大了，在我心裡也還覺得牠是『小貓』。可是，當時我只說了我家的『貓』，並沒有提到『小貓』，你還是將那隻走失了的貓稱為『小貓』，這又是為什麼呢？如果是這幾天在哪個地方看到我家的貓，也已經不能稱之為『小貓』了，儘管如此，你還是說『小貓』。我想這是因為在貓還小的時候，你見過牠。日期就是三月十五日，你刺死雪村的日子，當時那隻貓就在她身旁。那時，你大概對那隻小貓的印象特別深刻，所以才不自覺地使用了『小貓』這個說法。」

村井的眼神裡透著一絲悲傷地看著我，接著他好像在迴避什麼似的連連搖頭。

「即使照片上的車是我的，也沒有證據證明這張照片的日期就是我朋友死的那天。首先，照片上沒有日期，即使膠卷上寫著日期，也不能確定裡面的照片就是當天拍的，說不定是作假的。難道你真的相信所謂幽靈和靈魂的存在嗎？」

包包裡再次傳出貓的叫聲，伴隨著的，還有清脆的鈴鐺聲。

「你看，不是很好嗎？你已經找到貓了。」

我打開包包，給他看了看裡面，包包裡什麼也沒有。乍看之下好像什麼東西都沒有，但是把手伸進去後，手掌心似乎可以感到一團溫熱的小東西。

其實並非真的有觸感，只是心裡感到一種生物的暖暖氣息而已。

空空如也的包包裡傳來小貓的叫聲和鈴鐺聲，儘管裡面沒有發出聲音的本體。

「嗨，出來吧。」

於是，那隻成了空氣的小貓一邊搖晃著鈴鐺，一邊從包包裡走了出來，來到長椅下方。牠似乎在發洩自己長時間被困在包包裡的不滿，在周圍使勁地走來走去。當然，這些都是看不見的，只是小貓的叫聲和鈴鐺聲將牠的位置告訴了我們。

當腳下傳來小貓的聲音，卻看不到小貓的身影時，村井又重新坐回長椅上。他深深地垂下頭，雙手捂住了臉。

昨天，鄰居太太抱著已經死了的小貓來到我家。她騎著那輛煞車器已壞掉的自行車出門時，小貓突然跑出來，她來不及躲開。

我和雪村都很傷心，但就在這時發生了不可思議的事。小貓喜愛的雪村的舊衣服，本來已經疊好放在房間一角，但不知什麼時候又被拖到地板上了，就好像小貓把它叼出來玩之後攤在地上一樣。我注意到在舊衣服附近，還有小貓的叫聲和鈴鐺的響聲。小貓還是回到家裡來了，儘管牠和雪村一樣，已經不見了身影……

5

村井沒來學校上課已經一個星期了。

清晨，我覺得昏昏沉沉的，很難從睡意中清醒。我突然發現窗簾還沒有拉開，心裡產生了一種悲哀的預感。

我爬出被子，開始在家裡四處尋找。赤腳踩在地板上，我感到渾身冰涼，寂靜的家裡，只能聽到冰箱發出的聲音。

突然，房間裡又響起小貓的叫聲，那聲音顯得困惑不安，就好像失去了雙親的孩子一樣。小貓似乎在屋子裡四處找尋著什麼。我聽著小貓悲傷的叫聲，心裡明白，雪村已經不在這個家裡了。

小貓找不到雪村，現在大概正四處尋找牠的主人吧。對於小貓來說，直到今天，牠才真正離開了牠的主人。

我坐到椅子上，面前是雪村夜裡聽收音機時的桌子。我坐在那裡，一直在思考雪村的事情，很久很久。

我知道這一天總會到來的，而且也預想到，自己肯定會有一種特別強烈的失落感。

我明白我的生活只是又回到最初的狀態而已。如此一來，我就可以實現我最初的願望了。我可以關上窗戶，在箱子一樣的房子裡，過獨自一人的生活。

這樣的話，我就不會像現在這麼痛苦悲傷了。

正因為和別人建立了關係，才會感到痛苦。不和別人見面，便不會有羨慕、嫉妒和憤怒的感情；同樣地，如果從一開始就不親近其他人，也就不會體會到分別的痛苦。

她被殺害了。那之後，她每天都在想著什麼呢？她可能對自己的命運絕望而痛苦流淚吧？一想到這裡，我心裡就感到一陣難受。

我一直在想，如果能將自己剩餘的壽命分給她就好了，若她能夠因此而復活，那我就算死了也在所不惜。只要能看到她和小貓一起幸福的樣子，我就別無所求了。

我生活在世界上到底有什麼價值呢？為什麼不是我，而是她要死去呢？

過了很久，我都沒注意到桌上的信封。突然，我像彈簧一樣從椅子上彈起來，抓起那封信。那是一個綠色信封，表面的花紋很樸素，上面寫著我的名字，是她的筆跡，署名的人是雪村崎。

我用顫抖的手打開信封，裡面有一張照片和一封信。

照片是我和小貓的合照。我和小貓躺在一起，表情顯得十分幸福。那恐怕是我到現在為止，看過自己最安詳的一副表情，而這也是經過她眼睛捕捉和過濾後的作品。

我開始讀信。

請原諒我沒經你允許就拍了你的照片。對不起，你睡覺的時候，表情實在太可愛了，我忍不住就拍了下來。

像這樣正式地寫信，我還是第一次呢，有點不可思議的感覺。我總覺得我倆在不知不覺中已經有很多交流，所以沒有必要寫信了。畢竟你看，我們，還有那隻小貓，已一起生活很長一段時間了。

但是，過不了多久，我就要走了。我很想一直留在你和小貓的身邊，可是我做不到，真的對不起。

你大概不知道我有多麼感謝你。我本來已經死了，但又度過了這麼多愉快的時光，能碰見你，我真的很高興。上天很好，給我送來像你這樣好的禮物。

謝謝你。我倆並沒有互相給予，也沒有互相分擔過什麼，只是悄悄地待在對方的身邊，這樣就足夠了。對於生活無依無靠，而且已離開了這個世界的我來說，這段日子實在太幸福了，而且，你沒有擅自偷看我的房間，也沒有將屋子弄得亂糟糟。

小貓死掉了，真的很遺憾，牠可能還不知道自己已經死了。我也是，當初並沒有意識到自己已經被殺，還覺得自己過著跟普通人一樣的生活。

不過，小貓不久就會意識到自己的死，而且牠也會離開你。我只是希望那一刻來臨的時候，你不要太悲傷。

不管是我還是小貓，都沒有認為自己是不幸的。的確，這世界上有太多讓人絕望的事情。有時我們甚至會想，要是自己沒有眼睛和耳朵該有多好，那我們就可以不用看到和聽到自己討厭的事情了。

可是，這個世界上同樣也有一些美麗得讓人想哭的事物。在這個世上，我一直在觀察那些讓我心裡感動的東西。每次舉起照相機，按下快門的時候，我都想，我十分感謝上天能讓我看到這個世界。儘管我被殺害了，但我還是喜歡這個世界，甚至愛得一塌糊塗。所以，我也不希望你討厭這個世界。

如今在這裡，我想跟你說，看看信中的照片吧。你露出的好看表情，也是這個美麗世界的一部分，而且你不也是我打從心裡喜愛的事物之一嗎？

雪村崎

一直在房間裡四處尋找的小貓，最後還是找不到雪村。牠來到我腿邊，我盡量用愉快明亮的語調跟牠說話，讓牠高興起來。

大學已經開始放暑假，沒有必要再去學校了。今天我要打掃房子、洗衣服，在這之前，我要先拉開窗簾、打開窗戶，讓風吹進我的房間。

站在緣廊上，我望著院子，院子裡的草木在夏日陽光的照耀下熠熠生輝，天邊的雲朵正從太陽附近飄過。菜園裡的番茄已經紅了，水滴在上面閃閃發光。

半年前，她還活在這個世上。

她脖子上掛著一台大大的照相機，在長長的小路上漫步。小道兩旁是一望無際的草原，一眼望去，一片綠色。柔和的清風攜來花草的芬芳，心情是多麼輕鬆愉快。她的步履像空氣一樣輕盈，嘴角掛著自然的笑容，眼睛裡還帶著孩子的天真。她仰起頭來，期待著下一次的冒險旅程。小路一直伸向遠方，直到藍天和綠地相接的地平線。

我真的打從心底感謝她。

儘管時光短暫，但是，謝謝妳陪在我的身邊。

失蹤HOLIDAY

しっそう×ホリデイ

1

六歲前，我和媽媽兩個人住在簡陋的公寓裡。那個地方真的非常破舊，隔壁嬰兒的哭聲會透過薄薄的牆板傳過來，令人煩躁；坐在家中吃飯的時候，突然會聞到一陣臭氣刺得頭和眼睛很不舒服，那是從走廊盡頭的公共廁所裡散發出來的消毒藥水味道。

我清楚記得木格子門的門紙上布滿小洞，卻無人理會。現在回想起來仍覺得難以置信，當時我們竟連給木格子門換門紙的錢都沒有。那時的我十分淘氣，經常在門紙上戳出小洞，每次媽媽看到我的傑作總是一臉的無可奈何。如果現在有時光機的話，我一定會返回當年，在那些木格子門上貼滿金箔，再不然就請畫家拉森畫些特殊的圖畫貼上去。總之，想要怎樣的門紙我都負擔得起。但是現在還沒有開發出時光機，打開抽屜也沒有來自未來的藍色機器貓。

我們的生活開始寬裕起來，是在媽媽再婚之後。當時，媽媽靠一份在信封上寫地址的兼職來維持生計，也不知道她在哪裡結識了這位經營大公司的爸爸。媽媽和我就像遇上船難後獲救的乘客般，脫離了那種貧困的生活。我搖身一變成了身世顯赫的孩子，姓氏也改為「菅原」，這就是「菅原奈緒」的來歷。

菅原家頗有財力，不過要說明這個家的富裕程度恐怕有些難度，主要是我對這些事情根本不感興趣，所以不大清楚，總之，是代代相傳的名門世家。剛搬到菅原家的時候，我還沒上小學，所以記不太清楚，不過菅原家的房子坐落在市區的最佳地段。寬廣的日式庭院裡建有一個水池，錦鯉在池裡游來游去，宅邸的後院鋪滿白色的沙礫，四處布置著樹叢和奇石。在我這個孩子看來，簡直就像來到了地球以外的另一個世界。

年底的時候，爸爸會收到許多禮物，每一件都價值不菲。有的是價格高昂的陶瓷，送來時裝在桐木箱中。每逢年節，總會有各式各樣的人前來問候。有一次，一個看起來很面熟的伯伯來家裡作客，我問繪里姑姑：「那個人是誰啊？」繪里姑姑是爸爸的妹妹，經常告訴我許多小道消息。

「奈緒，妳要記清楚哦。那個禿頭的就是國家的首相，其他人妳都不用理會，但一定要和那個禿頭好好相處啊。」

當時繪里姑姑是這樣對我說的。在我和媽媽搬入菅原家以前，如果不算傭人在內，生活在這棟大宅子裡的只有爸爸和姑姑兩個人。爸爸和姑姑的父母親，也就是跟我沒有血緣關係的爺爺奶奶早已過世了。

菅原家的宅院十分寬廣，我常常在裡面玩捉迷藏。那麼多的傭人經常被迫陪我玩耍，任憑我像女王一樣呼來喝去，沒有半點反抗。不過對一個玩捉迷藏的小朋友而言，菅原家的房子實在大得離譜。

有一次，我躲起來等了很久都不見有人來找，只好一邊埋怨「那些不中用的傢伙」，一邊出來尋找負責當鬼的傭人，誰知道竟然搞不清楚自己身在家中何處。走了很久，還是看見一模一樣的走廊和牆壁，明明記得沒有爬過樓梯，窗外的景色卻告訴我正身在二樓。當時才六歲的我眼看著要在家中遭遇不測，心裡暗想：「這下完蛋了！」那時，掛在我胸前的玩具項鍊突然發出電子信號的聲音。

項鍊中間用塑膠做成的紅寶石不停地閃爍，然後媽媽很快就帶著幾名傭人找到我了。那條項鍊是爸爸送的，一點都不漂亮，原來是個發信器。他們就是根據發信器發出的信號，找到了我的位置。

「多虧我知道有這麼神奇的東西，就在奈緒身上裝了一個。這樣一來，她迷路的時候，我們也不用太擔心。萬一她被人綁架了，我們也能迅速知道她的所在位置。」

爸爸一邊撫摸我的頭髮，一邊說道。爸爸是個禿子，長相十分滑稽，身材瘦瘦的，有點駝背，很難看出他是個社會地位很高的人。聽繪里姑姑講，他在公司裡倒是一副威嚴十足的架式，可是在我看來，他和那些隨處可見的懦弱老伯沒什麼分別。雖然已經一把年紀了，但為了和女兒溝通，他會特意寫下那些年輕人喜歡的歌手和演員的名字，拚命塞到腦子裡去。可是現實中他卻指著V6說：「啊，是SMAP！」真叫人替他感到難為情。

從捉迷藏風波中獲救的我卻不領情，摘下項鍊，用項鍊的繩子劈哩啪啦地打爸爸，一邊打還一邊說：

「誰讓你給人家裝這種怪東西的！」

如今回頭看剛到菅原家的那段日子，就會發現我和媽媽從原本極差的生活突然一躍到生活極度富裕的豪門，可是當時的我卻一直都沒感覺到有什麼不妥。聽繪里姑姑說，我剛到菅原家時已經對人頤指氣使，根本不知道什麼叫害羞，凡事都我行我素。我想那是因為小孩子對周圍環境的適應能力特別強，絕不是因為我神經太大條的緣故。沒錯，絕對不是。

媽媽的情形和我就不太一樣了，她總是不好意思叫傭人做事，一切瑣碎的事情都由她親自打理。在我記憶中殘存著的幾個片段，都能證明媽媽並不適應菅原家的生活。她真是一個不懂得讓人服侍的人，每次都規規矩矩地向傭人和司機打招呼，在寬敞的房子裡總是顯得手足無措。

有一次，媽媽一個人坐在緣廊上，當時年幼的我剛好經過那裡，見她向我招手，便走過去在她身邊坐下。坐在那裡，整棟宅邸的寬敞後院盡在眼底，抬頭又可看見一望無際的天空，還有一架豆大的飛機在遠處掠過。媽媽輕輕地用手臂環住我的脖子，然後把我緊緊抱在懷裡，彷彿要確實感受我的存在。她當時的表情十分放鬆，就好像只有我的身體才能讓她感到安寧。我知道媽媽十分孤獨，雖然姓氏改了，卻無法改變內心的想法。她就像一條河裡的魚，被吞沒在這棟大宅院中。

在這個富裕的家裡生活了兩年後，媽媽便生病過世了。我記得自己坐在她冰冷的屍體前，感到極度恐懼。當時我唸小學二年級，才八歲，大大的房子裡只剩下我孤伶伶一個人，令我十分不安。停放媽媽遺體的房間有二十張榻榻米那麼大，房間正中央孤孤單單地鋪著一床被。我目不轉睛地凝視著媽媽的臉，直到夕陽染紅了木格子門。房裡一直沒開燈，角落一片昏暗。木格子門上總是貼著嶄新的門紙，就算不小心弄出洞來，很快又會有人換上新的門紙。爸爸、繪里姑姑還有那些傭人都十分體貼，讓我一個人靜靜地待著，不來打擾。

當時我想，自己一定會被菅原家的人趕出去，因為我和家裡所有人都沒有血緣關係，媽媽和爸爸也不過做了兩年夫妻而已。早晚有一天，他們會讓我用一個晚上收拾好行李，然後把我送進某家慈善機構。

因此我想，自己要好好利用被趕出家門前的寶貴時光，極盡奢侈。

吃飯時不管端上來的菜合不合自己胃口，我都先從最貴的吃起，統統塞入胃裡。即使那些不怎麼好吃的菜，我也要先問清楚價格。一想到自己很快就要被趕出這個家，再也吃不到這麼昂貴的菜，我便鼓勵自己把菜吃掉。「多吃點！把肚子塞得滿滿的，就算日後長眠地下，也能回憶起這些美味！」當時，我也可以隨便用爸爸的錢買東西，便乘機成箱地購買自己喜歡的零食，用知名設計師專門訂做的高級兒童服裝和零食箱塞滿自己的壁櫥。萬一自己被趕出家門，就可以靠這些活下去。雖然說是奢侈，也不過都是些食物而已，但這並不因為我是個貪吃的孩子。沒錯，絕對不是。

如同等待死刑判決一樣，我的心裡七上八下，每天都擔心自己什麼時候會被趕出家門，可是一個禮拜過去了，一個月過去了，嚴厲的法官並沒有判我死刑。雖然如此，我的內心卻一刻也不敢放鬆。我可以留在這個家裡嗎？他們沒有趕我出去，只是顧忌世人的眼光，裝出同情我的樣子罷了，其實心裡早已疏遠我了吧？這種不安一直不停地擾亂我的思緒。

無論是跟爸爸他們吃飯的時候，還是大家在客廳裡休息的時候，我的內心深處總有一層隔膜，就像有顆小石子鑽進了鞋裡，總覺得有點不太舒服。這完全是因為我意識到只有自己一個不屬於這個家庭。在這棟寬敞的房子裡，我就像一隻偶然闖入卻迷了路的飛蟲。我不停地勸自己不要胡思亂想，但這些念頭一刻也沒有離開過我的腦海。我吩咐傭人做的事，他們都像往常一樣地照辦不誤。我告訴司機自己要去的地方，每次也都平安抵達。與媽媽去世前相比，所有的事情都絲毫沒有變化。

我一直以為自己有一天會被掃地出門，可是六年過去了，我上了國中二年級，一切依然風平浪靜。今年四月，爸爸和京子再婚，那是半年前的事。

京子成了跟我沒有血緣關係的母親。我不喜歡她，她也同樣對我充滿戒心。爸爸幾年前開始參加一個課程，他和京子就是在上課的小教室裡相識的。

媽媽去世後的一段日子裡，爸爸一直無精打采，沒有興趣處理任何事情。他藉口肚子痛不去公司上班，然後天天在家裡盤腿坐著看電視。公司的經營也因此走下坡，還有幾位職員遭到解雇，他們的生活也因此陷入困境。爸爸的秘書眼見情況嚴重，趕緊請公司的幾位元老出面開導爸爸，但都沒有成功。

於是，繪里姑姑提議說：「不如先給他找個課程上，讓他慢慢與外界接觸好不好？」我聽到後，剪下了各式各樣在市內開辦課程的資料，有攝影班、直升機駕駛班等，也有一些手工藝班和烹飪班，但總覺得這種課程女人味太重，所以沒有剪下來。

我把那些課程的資料貼在牆上，然後在五步遠的地方擲飛鏢，飛鏢射中哪一張紙，我就推薦爸爸去參加哪個課程。可惜我根本沒有擲飛鏢的天分，飛鏢沒有射中牆壁，反而命中擺在一邊、價值數千萬圓的裝飾品後反彈，刺中了攤在地板上的資料。那一頁被飛鏢貫穿的資料上刊登的竟然是——手工藝班。

爸爸開始去手工藝班上課了。起初我們還有點擔心，後來他竟然開始迷戀做手工，也不再抗拒回公司上班，那些前途未卜的職員們也再次獲得聘用。

我非常感謝繪里姑姑給了這麼合適的建議。當時繪里姑姑宣告第五次婚姻失敗，回到菅原家，整天啃著日式煎餅，一邊嘮嘮叨叨地纏人。繪里姑姑的眼睛總是半睜半閉，一副睡眠不足的樣子，她那長長的眼睫毛令我印象深刻。姑姑的臉輪廓分明，非常美麗，嘴巴卻總是抱怨她的前夫。不過話說回來，因為姑姑離婚了才會回到菅原家，爸爸也才能重新振作起來，所以這一切都要歸功於姑姑那不爭氣的前夫。

後來，爸爸繼續去上手工藝課，還會把自己的作品放在客廳裡裝飾。那些作品一點也談不上精緻，可是那些穿著西裝的公司員工進入客廳後，一聽說這些作品出自爸爸的手，都重新扶正眼鏡，紛紛用認真的口吻表達他們的訝異：「噢！」、「了不起！」爸爸也會因此而陶醉。每次我經過走廊看到這一幕時，都不禁懷疑，推動社會的真是這些人嗎？

我一直覺得讓爸爸參加手工藝班是件好事——直到他宣布在班上遇到一個喜歡的人，並打算和她結婚。爸爸在告訴繪里姑姑前，先來找我談。

「噢，這樣啊……你喜歡怎麼做就怎麼做吧。」

聽了我的回應，爸爸的表情十分複雜，一半是鬆了一口氣，一半是對我的不在意感到介懷。我努力裝平靜，讓自己看上去一副不感興趣的模樣。

可是，我心裡一點也無法平靜下來，甚至不知道該怎麼去描述當時的情緒。當然我也明白，無論那個辭彙是什麼，我都沒有說出來的權利。這件事根本就沒有我插嘴的餘地，因為我和爸爸之間沒有半點血緣關係，甚至可以說是兩個毫不相干的人。

京子很年輕，根本不像爸爸的第二任妻子，倒像是我的姊姊。在一家高級餐廳裡第一次見到她的時候，我竟然糊塗地以為她和放在眼前的菜餚一樣充滿魅力。與其說她美麗，不如用可愛來形容更恰當。京子的爸爸是大醫院的院長，和我不同，她是個名副其實的名門淑女，而且，聽說她高學歷，又精通插花和茶道，還會騎馬。當然，這裡所說的騎馬跟賽馬那種不同。

「妳就是奈緒吧！我早就聽說妳的事情了。」

她面帶友善的笑容，這麼對我說。感覺上她似乎在宣告：放聰明點，妳的出身，以及妳和這家人沒有血緣關係的事，我全都清楚。

爸爸和京子舉行婚禮的時候只邀請了一些親戚，而地點就是當年我媽媽和爸爸結婚時同樣的會場。

一天下午，我和京子面對面地坐在窗邊矮桌旁的沙發上，在那裡可以俯瞰整座後院的景色。我們用陶瓷杯子喝著紅茶，也不知為什麼我們兩個會坐在一起，總之，京子向我談起她在手工藝班是怎麼跟爸爸墜入愛河的。

在市民中心二樓的手工藝班教室裡，她正用紅線練習刺繡，要在一塊白布上繡花。她一直專心地繡著，忽然感到紅線的另一端像被什麼人拉著，抬頭一看，才發現自己繡針上繡線的另一端，竟然連在一個陌生男子的針孔裡——那個男人就是我的爸爸。也就是說，他們兩人分別在不知情的情況下，用同一條繡線練習刺繡。我心想，這故事絕對是你們編出來的，怎麼可能會有這種事情？

京子帶著宛如身在夢中的表情，向我傾訴。

「那真是個美好的開始。是啊，那條繡線就是真正的紅線。」

「……故事真是感人啊。不過要說夢話，拜託妳在自己的被窩裡說吧。」

「哎呀，瞧妳這孩子。」她微微一笑，那笑容像是春花綻放，不過嘴角顯得有些牽強。「妳又不是這家的孩子，怎麼能這樣說話呢？」

「我說，京子媽媽，說穿了，妳不也是看在財產的份上才嫁過來的嗎？嘿嘿嘿。」

「啊，妳這孩子還真會開玩笑。我的娘家才不缺錢呢。什麼遺產不遺產的，我根本不用考慮那些事，呵呵呵。」她優雅地用手掩口笑著說：「妳這孩子也真是的，不過妳放心，我是不會生氣的，我會幫妳找個不錯的養父母。」

「妳說什麼呀，京子媽媽，妳的話總是那麼風趣，不如去做喜劇演員吧？如果現在有一種警方無法探測出來的毒藥，我一定會放到京子媽媽的紅茶杯裡。」

我們兩人都故作悠閒地笑起來。

那個手藝純熟的園丁穿過寬廣的後院時，向我們點頭致意。在外人看來，我和她一定是在愉快地喝茶。如果那個園丁不了解菅原家的成員結構，一定會以為我們是關係不錯的好姊妹呢。

那件事發生在一個月前，我剛參加學校旅行回來，已經有五天沒感受到家的氣息了。我在離家五分鐘路程的便利商店買了一種叫做「樂天小熊餅乾」的零食，騙大家說是在旅行目的地澳洲買的禮物，分送給大家，然後就爬上二樓，將行李放回自己的房間。旅行袋裡塞滿了我買給自己的禮物，很重，有的是澳洲土著為獵獲女孩子芳心而製作的古怪擺設，還有我準備將來狩獵時用的回力鏢。

一踏進自己的房間，我就感到有點不對勁，那種奇怪的感覺無法用三言兩語說清楚。一開始，我還以為自己神經過敏，因為我的房間是我自己打掃的，傭人不可以隨便進來。我早就吩咐過他們不准進我的房間，絕對不准，要是進去的話，以後就不用在這裡做事了。如果丟掉這份工作，他們就會沒飯吃，每天只能住在紙箱做的房子裡，到便利商店撿剩飯，我可是鄭重警告過他們的。

但我回來時，房裡的情形跟我出發前確實有些不同。那點差異十分微小，想說又說不出來，想忘掉的話，一轉身就能忘掉。實際上，我當時也忙著擺放剛買回來的木製回力鏢，沒將那件事放在心上。

我將那件刺激狩獵民族靈魂的旅行紀念品擺在書架上，為了看清楚上面的模樣，將它豎起來放。雖然看起來有些不穩，彷彿書架一動就會隨時倒下來，不過，幸好架子上只放了一些課本和參考書，而且又沒人會動這個書架，回力鏢放在上面應該沒什麼問題才對。

那種進入房間後的奇怪感覺，一直被我拋在腦後，直到第二次產生相同感覺時，我才回想起來：啊，以前也發生過這種事。

第二次發生在我和朋友的家人一起去旅行回來後。結束旅行回到家後，我開始分發紀念品給大家，是一件T恤，胸口處畫著一個巨大的奈良佛像，做工十分差。我知道他們一定不會喜歡這樣的禮物，才故意買回來的。

當我跑上樓梯打開房門的一剎那，那種奇怪的感覺再次向我襲來。我把行李放在地板上，輕輕地在房間裡走動，確認家具的位置。電視、電腦、圓桌、鬧鐘，每一件的位置我都檢查了一遍，跟我去旅行前沒什麼差別。其實我並沒有記下這些家具的準確位置，如果有人稍微移動的話，我也看不出來，即使在檢查每件家具位置的過程中，我也找不到任何可疑的痕跡，甚至觀察細節也看不出有何不同。不過當我放棄細節，環視整個房間的時候，嗅到了一種無法琢磨的外人的味道，就像氣體一樣散布在空氣中。

遺憾的是，我無法捕捉到它，只好將這次的感覺也歸結為自己太敏感。然後我就開始考慮要把買給自己的禮物——小鹿玩偶放在哪裡才好呢？最後決定把這一件也放在書架上。那時我才注意到，旅行前我為了看清圖案而豎著放的回力鏢，現在卻倒下了。

如果沒人動過，回力鏢根本不會倒下。換句話說，有人進了我的房間，不小心碰到了書架，結果弄倒了我的回力鏢，這就是我的推測。有人闖入過我房間的念頭迅速閃過腦海，那個闖入者究竟是誰呢？這個答案，我可是一清二楚。

我堅信京子就是那個闖入我房間的人。我和她發生了好幾次衝突，她一定對我懷恨在心。

她是爸爸的妻子，但不願做我的母親。在她眼中，我只不過是先她一步住進這家裡吃閒飯的人，而我當然也不甘願做她的女兒。

為什麼我和京子會如此水火不容呢？我也搞不清楚原因，但我感覺到，她的出現令我內心極度不安。媽媽去世後，我和菅原家勉強建立起來的脆弱關係很可能會因她而斷裂，這種不安一直困擾著我。

我不甘心看到這情況發生，所以經常在爸爸面前撫摸媽媽遺留下來的破舊手帕。那條手帕原本是塊純白的絲綢，如今已經發黃了，丟掉也不會讓人覺得可惜，但我捨不得，因為那是媽媽生前最喜歡的東西。我故意撫摸著那條手帕嘆氣，於是爸爸立刻將京子拋在腦後，關切地問：「啊，奈緒……妳還是那麼懷念妳母親嗎？」那一刻京子的表情有趣極了，手帕這件武器對她而言，實在擁有無與倫比的破壞力。

仔細想想，這個家裡只有我和京子身上沒有流著「菅原家」的血脈，所以我們之間的鬥爭就像是一場生存競賽，或者說是權力鬥爭，看誰能在這個家中生存到最後。

最近，我經常在想血緣隔閡的問題，我原本不是這個家的人，這種隔閡一直隱藏在我的內心深處。身為局外人的焦慮折磨著我，我不想被人從家裡趕出去，不知從何時開始，我已經養成對現在這種生活的依賴心。不，不對，也許是我害怕被菅原家趕出去後無依無靠，剩下自己一個孤伶伶地面對外面的世界。

因此，我敵視京子。她趁我不在家的時候偷偷潛入我的房間，實在讓我非常憤怒，可惜我沒有證據，無法證明她就是那個闖入者。

我一定要想辦法證明京子進過我的房間。

我離家出走那天，是十二月二十日。

原因就是和京子吵架。我已經忘記我們為了哪些微不足道的小事而吵起來，也不記得自己是怎樣從家裡衝出去，只記得彼此互相謾罵，狀況十分慘烈。

「京子妳這個笨蛋！要是我現在手裡有根金屬球棒，我絕不會輕饒妳的狗腿！」

「妳說什麼！如果我手裡現在有把槍的話，一定在妳的胸前背後開個大洞！」

「這裡要是有瓶刺眼的除臭噴霧劑，我一定噴到妳臉上！」

「要是這杯咖啡沒冷掉的話，我一定向妳潑過去，讓妳嘗嘗滾燙的滋味！」

「我真想找把剪刀，把妳的指甲剪到肉裡去！」

「我也要用錄影帶的稜角，把妳那個頭痛痛快快地敲一頓！」

這些不堪入耳的爭吵持續了好一段時間，爸爸趕過來勸架，聽完吵架的理由後，他選擇袒護京子。我一時無法忍受便衝出家門，連手機也放在家中沒帶走，因為我知道他們會不斷打電話勸我回家，我也懶得一一回覆。

我在朋友家躲了三天兩夜，那幾天一直跟著她四處玩耍。

離家出走兩天後，也就是十二月二十二號，我和朋友在鷹師站下了電車，就在附近閒逛。車站附近是條還算繁華的街道，那天剛好是假日，所以來往的行人非常多。我們由車站向南走了一段路後，看到一條大街。三天後就是聖誕節了，那天街上播放著聖誕歌，緊密相連的店舖櫥窗用白色的噴膠噴出聖誕老人坐雪橇的圖案，往來的行人雖然因為寒冷而縮著肩膀，卻還是一副興致勃勃的樣子，空氣中彌漫著充滿期待的愉快氣氛。

我和朋友走在大街上，厚厚大衣下的肩膀不停碰到迎面走來的行人。從鷹師站開始走了大約十五分鐘後，朋友指著路邊的一棟樓房。路兩旁的建築幾乎毫無間隔地建在一起，就只有這棟破舊的建築沒開設商店。在周圍掛滿聖誕裝飾、繁華熱鬧的建築物映襯下，這棟樓顯得有些晦暗寂寞。

我們潛入那棟樓房想看個究竟。我朋友是個很喜歡趁著別人不注意時，偷偷跑進各種地方的人。每次只要跟她在一起，常常會不知不覺地走到不知名的巷道裡，不然就是她會突然對我說：「我們一起到那棟房子的屋頂上看看吧？」之類的話。不過，我本來就知道她就像貓一樣難以捉摸，於是跟她一塊走進了房子裡頭。

對著大街的正門入口並沒有上鎖，所以我們輕鬆地走了進去。裡面好像廢墟一樣，感覺上，屋主似乎不願意把金錢浪費在拆除方面，所以這棟建築才得以倖存下來。大樓有個後門，我們拿掉門上的鎖，從那裡走了出來。走出大樓的後門，眼前是一個公園，公園和林立的樓房之間有條細長的小路，和大街平行延展。這裡杳無人跡，十分安靜，周圍的樓房宛如牆壁般連綿不斷，將人群阻擋在外。

「妳知道嗎？這一帶的治安不太好哦。」朋友說：「聽說有很多人搶劫。」

聖誕音樂從遠處傳來，迴盪在這條寂靜的巷道裡，聖誕節的傳單也隨風四處飛舞，裝過商品的舊紙箱高高地堆在店鋪後面。

和大街上的氣氛相比，這條巷子顯得太冷清了。朋友的話，則讓我心情沉重。

突然不知道為什麼，我覺得應該要回家了，於是當場向朋友道別，決定回菅原家。

菅原家宅院的周圍有高牆環繞，大概有我身高兩倍那麼高，所以必須穿過莊嚴肅穆的正門才能進入家裡。要進去只能選擇走正門或後門，正門很大，可以容得下兩輛車並行通過，而為了能在裡面看清訪者的樣貌，正門還裝有監視器。

正門旁有個車庫，可以停好幾輛車子。走過車庫，要沿著兩邊種滿樹木的石板路往前走上一段路，才會到達主屋的玄關。我剛要推門，發現門鎖著，猜想大家可能都出去了，就從口袋裡取出鑰匙。

果然不出我所料，家裡沒人。我走回自己的房間，一路上沒遇到任何人。

初到菅原家時讓我感覺過於寬敞的宅院，現在已經都被我摸清楚了。我穿過通往自己房間的捷徑，爬上主屋中許多道階梯的其中一道，上面並排的房間幾乎都是空的。

我打開自己的房門，這次沒有了那種從學校旅行回來以及和朋友一家旅行回來時的怪異感覺，看來京子還沒進過我的房間。我鬆了一口氣，每次有人闖進我的房間，總讓我有些抓狂，但可恨的是，我的房門沒有鎖。

我在屋子裡轉了一圈，發現沒一個人在家，於是離開主屋，朝旁邊的偏屋走過去。

在菅原家，住人的房子分「主屋」和「偏屋」兩棟，主屋裡住著擁有菅原家姓氏的人，而菅原家聘請的傭人和司機，以及他們的家人則住在偏屋。雖然外表看來都是日式建築，不過主屋的規模遠非偏屋所能比擬，偏屋看上去完全是個點綴。宅內主屋和偏屋相鄰而建，出了主屋的玄關，沿著右手邊的走廊向前走幾步，就來到了偏屋的入口。

兩棟房子之間的距離約十公尺左右，全鋪成石子路，平常反而很多人走這裡，因為從正門旁去後院，走這條路很方便。站在兩棟木造房子之間的石子路上，我稍稍感受到一股來自兩側的壓力。

兩棟房子都是兩層樓，相鄰那面的房間窗戶是相互面對的，毫無景觀可言。我的房間在主屋二樓的角落，有一扇窗子剛好朝向偏屋這邊，平時我打開那扇窗只是為了通風換氣，從來沒有站在那裡看過風景。

我打開偏屋的大門走了進去，若在平日，狹窄的玄關地板上，總是放滿傭人們穿舊的鞋子，可是今天卻一雙也沒有，我想大家都出去了吧。我站在那兒向裡面看，不過因為眼睛還沒從外面強烈的光線中適應過來，只覺得屋裡一片灰暗，看不太清楚。我看見鞋櫃上擺著一個花瓶，乾枯的花上趴著一隻小蜘蛛。

偏屋裡住著四個人，是大塚夫婦、栗林和楠木。在菅原家做全職傭人和司機，每個人都配有一個房間，足夠維持正常的生活。

屋裡不像有人的樣子，不過我還是喊了一聲：

「有沒有人在啊？」

二樓立刻傳來一個傭人的應聲。

我脫下鞋子放在門口，順著樓梯爬上二樓。偏屋比主屋舊得多，走廊也很狹窄。每爬上一級樓梯，就聽到木板在我體重的壓迫下吱吱呀呀。天花板很低，燈光也顯得黯淡。

剛才回應的那個人正從房間探頭出來看，原來是楠木邦子。她被安排住在偏屋中最小最寒酸的房間裡，我幾乎從沒和她說過話。

邦子一年前到菅原家來做全職傭人，好像是靠親戚關係才來到這裡做事的。她的親戚曾在爸爸的公司裡上班，因為這層關係才雇用了她，所以在傭人當中，她是資歷最淺的一個。

忘記是什麼時候的事情了，傭人中資歷最老的大塚太太曾抱怨過邦子，說她不夠機伶，是那種不一一指示就不會行動的人，總之就是她不太會做事吧。

邦子從房間探出頭來，看清楚突然來訪的竟是我後，一臉驚訝的樣子。過了好一陣子她才回過神來，向我點頭打招呼說：「啊，妳好。」她的個子高得驚人，以前我在家中遇到她時，總覺得她行動遲緩，就好像一株細長的植物緩慢搖晃地走來走去。

邦子大約二十五歲左右，在這麼冷的天氣裡，她還是每天都穿著灰色毛衣和舊牛仔褲工作。毛衣鬆垮垮的，袖子很長，時間一久袖子就會鬆脫下垂，遮住她的雙手。身材高而瘦的她，手臂也很長，袖子竟能夠將她的手臂完全遮住，那袖子應該被倒下的卡車或印度大象拉扯過吧。總之穿著這樣一件毛衣的邦子看上去特別土氣，甚至給人一種智商不太高的感覺。她好像也不善於與人相處，我從沒見過她笑著和其他傭人聊天。

我走進了邦子的房裡。房間很小，光線不是很好，空氣也有些悶。其實並不是房裡有什麼怪味，但感覺就是對身體不太好。

牆上的壁紙是那種非常沒有品味的圖案，當然，那不是她選的。那些東西已經貼在那裡幾十年了，非常陳舊，顏色都變黃了，有些地方更已經剝落，顯得破爛不堪。我問她為什麼家裡一個人也沒有，她用遲緩又帶著睡意的聲音回答。看來我的家人已經完全忘記了這個離家出走的女兒，快樂地出去採購聖誕用品了。而且出門的人才幾個而已，竟然坐上那部裝修華麗、可以輕鬆地坐在沙發上喝紅酒的高級轎車。傭人大塚叔叔是菅原家的司機，那輛高級轎車好像就是他開的，大塚太太和栗林也跟著去搬東西，只有楠木邦子奉命留下來看家。

這個消息讓我十分懊惱，那些人難道一點都不擔心離家出走、音信全無的女兒嗎？明明是我不在家時，京子闖入我的房間才惹出這些事來，大家居然不關心我的感受，出去享樂。

聽邦子說，大家再過幾個小時就會回來了。

我無意中從窗戶向外望出去，發現這個房間剛好朝向主屋那邊，隔著石子路正好能清楚看到我的房間。邦子的房間在二樓，我的房間也在二樓，兩個房間的窗戶面對面，又離得如此之近，我以前居然沒發現。

一個好主意浮上心頭。

「邦子，我有件事情需要妳幫忙。能不能讓我在妳的房間裡住上一陣子？」

現在知道我回到家裡的人，就只有邦子一個。

之前，只要我有陣子不在家，就一定會出現京子潛入的痕跡。不過我剛才回去看的時候，什麼也沒發現，也就是說，京子再度潛入的機會十分高。

我打算躲在邦子的房間裡，當場捉到犯人。

「哦……」聽了我的話，邦子呆了一下才浮現出訝異的神色問：「啊？住在、這裡嗎？」

「沒錯，妳會讓我住下來吧？妳應該一點都沒有想要拒絕我的請求吧？」

面對我強硬的口氣，邦子退縮了。

「是，當然。我怎會拒絕呢，真是抱歉。」

邦子很誠懇地鞠躬致意，但我不明白她為什麼要道歉。

於是，我就在邦子的房裡住了下來。在這件事情上，她是沒有決定權的，只要我要求，她就沒權利推翻這個決定。

2

決定在邦子的房裡長住後，我立刻開始投入準備工作。首先，是回到我在主屋的房間，將一些必要的生活用品搬過來。邦子的房間真的很小，雖然有一個壁櫥，但沒有充裕空間存放多餘的雜物。

這個日式房間只有三張榻榻米大，絕大部分的空間又被唯一一件家具——暖桌占據了。暖桌的尺寸並不很大，不過很明顯，邦子睡覺時用的就是蓋在暖桌上的被子。除此之外，房裡什麼都沒有，沒有網路、有線電視，也沒有DVD放映機。從這邊的窗戶望出去，能看見主屋那邊我房間的窗子打開了，好像是我離家出走前忘記關的。

我又回去關窗戶，順便把幾本書塞進袋子裡，也隨身帶了媽媽的遺物——那條手帕。為了方便從邦子的房間進行監視，我把窗簾拉開。鞋子也不能丟在偏屋的大門口不管，所以我把它帶進邦子的房間。

邦子站在房間的角落裡一動不動，驚訝地看著突然出現，又決定搬過來住的我。

「看來，妳這裡也沒有鋪被子的地方，那我也睡在暖桌裡好了。」

我說完後，邦子又像慢半拍一樣面帶歉意地向我點點頭。明明沒做錯什麼，但她的動作總是給人「非常抱歉」的印象。當人家開始和她講話的時候，她的眼睛、眉毛還有顏色偏淡的嘴唇就已經做出「對不起」的表情了。

我將生活必需品搬進這個狹窄的住所後，坐進暖桌，喘了一口氣，可是邦子依然像棵觀賞植物一樣站在角落裡。我招手催促她過來坐著，她才萬分緊張地跪坐下來。我告訴她：「隨便坐就好了。」她才放棄了跪坐的姿勢，像個機器人一樣。

我故意說了一句：「我比妳高貴。」她竟然沒流露出半點懷疑的神色，迅速地點了一下頭。

邦子的房間是個小小的正立方體，出入口的拉門在南面，拉門跟軌道磨合得不太好，有時拉到一半就卡住了，很不聽話。房間的東面有個小小的、放雜物的地方，西面是光禿禿的牆壁，和入口正對的北面則開著一扇窗。暖桌就在三張榻榻米大的房間中央，我占據了暖桌的一邊，背緊靠著西面的牆壁，從窗口觀察外面的動靜。當我坐進暖桌的時候，窗台的高度剛好在我的脖子附近，我只要稍稍向左邊探探頭，就能觀察到主屋裡的情況，而且還能用紅外線暖桌暖腳。

房間的窗戶是磨砂玻璃，若是緊緊關上就什麼都看不到，要監視只好打開一條小縫，而十二月的寒風就從那個縫隙鑽進了房裡。不過，因為這扇窗的卡榫不太好，就算關上窗，外面的冷空氣還是會從縫隙滲進來，所以窗戶關不關上其實都無所謂。我向邦子解釋：「我是為了觀察主屋的動靜才開窗子的，這也沒給妳添什麼麻煩，對吧？」

房間的主人一副「根本沒那回事」的表情，理所當然地和我一起挨凍受苦。我忍不住想：這個人多和善啊，該不會是個傻瓜吧？

我穿上厚厚的衣服，整個人剛好夾在暖桌和牆壁中間，等待家人回來。

我也不和邦子講話，只聽見寒風吹得窗框作響，暖桌的溫度調節功能也不時發出聲響，狹小的房間裡迴盪著紅外線增強時發出的嗡嗡聲。可能是因為窗戶所在的位置無法充分地接受到日照，所以房裡有些潮濕，用了很久的燈管也微微泛黃，散發著微弱的光線。

我把整個身體靠著牆壁時，突然聽到一聲奇怪的吱呀聲，我嚇了一跳，趕快重新坐好，當時，我甚至懷疑牆壁會被我靠出一個洞。在暖桌裡端坐的邦子見怪不怪地揚了一下頭，以眼神向我示意，我覺得她的眼神似乎在對我說：

「不要緊，經常都是這樣的。」我也向她點了下頭，回敬了一個眼神說：「這樣啊，經常都是這樣子啊，那妳的日子過得真夠苦呢。」至於她有沒有領會到這些意思，我就不清楚了。

窗外隱約傳來談話的聲音，我示意邦子安靜地待著不許動，然後小心翼翼地把臉探向窗邊。

我從袋子裡取出化妝用的小鏡子，然後從縫隙伸出窗外。這面小鏡子是朋友的姊姊送我的，現在終於派上用場了。從鏡中可以看到菅原家的大門通往主屋的道路，遺憾的是看不到主屋的門，不過，現在這樣也很不錯了。大門旁車庫的電動閘門正在關上，幾個人沿著石板路走向主屋，正是好久不見的爸爸他們。大家都冷得縮著肩膀，不過臉上滿是快樂的表情，這個畫面惹得我在心中暗罵：這些混蛋。

傭人栗林拿著行李跟在後面，他是個身材魁梧的中年人，聽說以前曾經營家用電器行，所以菅原家的一切電器產品都歸他維修保養。

京子也在，走在路上的她身上裹著毛皮大衣。我拿著化妝鏡的手已經被外面寒冷的空氣凍得冰冷，只好放棄觀察，把凍紅的手指放在唇邊呵氣取暖。

「那個、小姐，我得出去迎接一下……」

邦子一邊站起來，一邊帶著歉意地對我說。

「好，妳去吧。不過，我的事情妳要保密哦。」

她點點頭後便出去了。我望著放在暖桌上的化妝鏡，這才忽然發現，這個房間裡連一面鏡子都沒有，當然，我也從來沒見過邦子化妝。有一次，她甚至連睡得亂七八糟的頭髮都沒整理就出去工作，還帶著一副愛睏的表情。我當時在想，要是沒有靠親戚的關係，她怎麼可能在這裡當傭人？

我從窗戶縫隙觀察著十公尺外自己的房間。大家應該都已進入房子裡，避開外面的寒風了吧。可是，京子一直沒出現在我的房間。我很想知道主屋裡的情況，但我現在人在這裡，根本辦不到。每當有人經過主屋的窗邊，我都會緊張地觀察他的動向，還要低下頭免得被發現，真是一種奇妙的體驗。我在這邊觀察對方的一舉一動，可是對方根本不知道我的存在。偷窺，實在是件愉快的事。

忽然，我聽到有人從偏屋的樓梯走上來，咯吱、咯吱，腳踏木板走上二樓的聲響順著天花板和牆壁傳過來，我把頭從窗邊縮回來，屏住呼吸。這個房間的門沒裝鎖，順著樓梯走上來的人是邦子還好，如果是別人突然打開房門的話，我的行蹤就會完全敗露。

不如藏進暖桌裡面吧。念頭閃過後，我便開始扭動身體，打算鑽到裡面去，可是整個人被夾在暖桌和牆壁中間，姿勢十分滑稽，而且動彈不得，暖桌的紅色燈光還照射在我的臉上。

爬上樓梯的腳步聲從邦子房間前面走了過去。我的身體因緊張而變得僵硬，一直保持著這個姿勢，還忘了呼吸。腳步聲進入了隔壁，就是我身後那個和這裡只隔著一面牆的房間。

「哎喲喂呀！」一個男人的聲音隔著牆輕輕地傳過來，那是傭人栗林。看樣子，我背後的房間是他的。

沒人打開這房間的門，讓我大大地鬆了一口氣，然後我意識到絕對不能弄出半點聲響，以免被栗林發覺。我悄悄地蠕動著身體，終於把身體從暖桌和牆壁間釋放出來，當然，身上的厚衣服也幫了我大忙。沒弄出聲音來，絕不是因為我胖。沒錯，絕對不是那樣。

結果當天一直等到很晚，京子都沒有進入我的房間。

到了晚飯時間，邦子還沒回來，我又不能從她的小房間裡走出去，只好繼續挨餓。然後不停地在心裡咒罵：臭傢伙，就不會給我把晚飯端回來嗎？

等臭傢伙回來的時候，已是深夜一點了，她的頭髮亂蓬蓬的，掛著一副累到不行的神情。她打開門，看見坐在暖桌裡的我後，沉默了好一會兒，才緩慢地帶著點驚訝說：「噢，對。」

「妳每天都忙到這麼晚嗎？」

邦子點點頭。房裡的燈自然沒開，我一直盯著外面看，所以知道這個時候菅原家依然沒睡的人，只有我和邦子兩個。

「對不起，我現在就去給妳準備吃的。」

邦子說完便要出去，我趕快制止她。

「這半天我一直坐著沒動，難道妳還要讓我攝取卡路里嗎？真是個不細心的人，我正在減肥呢。」

問她洗完澡沒，她回答還沒洗。偏屋裡有個浴室供大家輪流使用，我打算待到半夜大家睡熟後再去洗澡。

「妳先去吧，我還是等大家都睡了再去好了。」

邦子抱歉地點點頭，然後走了出去。

結果在她還沒回來之前，我就先睡著了，當我再次睜開眼睛，已經是隔天中午了，蓋在暖桌上的被子還被我的口水弄濕。糟了，錯過了洗澡的時間，真是懊惱。

第二天，也就是二十三日，我依然待在邦子的房間裡，看著自己房間的窗戶。

我在暖桌裡坐了差不多一整天。當然，我有把待在這裡的原因告訴邦子，她非常驚訝，我假裝沒看見她那欲言又止的樣子。

我在邦子的房間裡用望遠鏡從一切可能的角度觀察。由於害怕被人發現我在偏屋裡，所以沒辦法從窗口探出身去察看。望遠鏡是我吩咐邦子買回來的，就是趁邦子出去買東西的時候，把我的信用卡交給她，要她把望遠鏡買回來。她好像沒用過信用卡，連摸到信用卡也好像是第一次。

「咦？電話卡還能用來買東西嗎？」

她當時這樣說，一定是和我開玩笑的吧？

我們的喜好似乎也相差很多，讓她買個零食回來，非得一一說清楚名字才行，否則就會買來那些老人才喜歡吃的點心。

「誰叫妳買這些回來的！」

我氣得一邊大叫，一邊把那些充滿老人味的點心袋丟到她身上。

我還讓邦子辦了兩支手機。這筆費用，我原本想從自己的戶口過帳，可是辦手續的時候需要現金存摺和印章。沒辦法，只好用她的存摺和印章辦手續，然後把我信用卡裡的錢轉到她的存摺裡，真是麻煩。

兩支手機，邦子用一支，我用一支。有了這兩支手機，我就能偷偷地竊聽家中的談話。邦子把通話狀態的手機放進口袋，故作不經意地靠近說話的人們。本來我也考慮過安裝竊聽器，但又不想太大陣仗。用手機就不同了，不僅能聽到一些談話的片段，就算手機一直接通著，費用也不會太高。

從邦子的手機獲得的資訊以及她自己聽來的談話推測，家人似乎認為我離家出走後，正在某個地方遊蕩呢。

我坐在邦子房間的地板上，把腿伸進暖桌，用邦子買來的液晶顯示螢幕攜帶型ＤＶＤ看電影。需要邦子的時候，就用電話把她召回，有時要她假裝不經意地接近某個人，再不然就指示她從冰箱裡偷些點心回來。

慢吞吞的她每次都叫苦說：「那種事，我做不來啦。」我甚至可以想像她滿是歉意的神情。

「哦？做不到嗎？那真是太遺憾了，我原本還打算和妳在這個房子裡過年呢。不過現在看來，似乎不大可能了。不過沒關係，我保證一定會想辦法替妳找份新工作的！」

「被這裡辭掉之後，妳希望去哪裡工作啊？俄羅斯？尼泊爾？」

「欸，不、不要啊……」

在我的逼迫下，她心不甘情不願地按我的吩咐去做了。

夜裡，邦子回來後，我們就擠在小小的暖桌裡，面對面地坐著。

我每次去洗手間或洗澡時都得小心翼翼的，害怕被別人發現。洗手間和浴室都在偏屋裡，要等到夜深人靜，大家睡覺後，我才能到那間和主屋的規模根本不能比的小浴室裡沖去汗水。睡覺的時候，我和她就鑽進暖桌裡，還得小心不要碰到對方的腳。

二十四日中午，我一邊繼續從窗戶縫隙監視外面的動靜，一邊趴在暖桌上打瞌睡。外面沒有風，寧靜的空氣中，羽毛般的雪花從天空悠悠地飄落。因為要監視外面，所以不能關窗，我只好把所有衣服都穿在身上，整個人裹得像個不倒翁似的。在暖桌的呵護下，我的身體十分暖和，唯一裸露在冷空氣中的臉覺得有點冷，但令人不可思議的是那種溫差十分舒適，感覺就像在開了暖氣的房間裡吃冰淇淋一樣。隔壁的栗林不在房裡，我將收音機的音量調小。聖誕歌曲特輯充滿整個寧靜的房間，冰冷的空氣宛如一隻白色的手，輕輕地撫摸著我的臉頰。

這間只有三張榻榻米大的房間裡，掛著一根繩子，上面晾著洗好的衣服。偏屋裡有台大家共用的洗衣機，邦子每次洗衣服時都順便洗好我那一份。偏屋後面有個曬衣服的地方，不過大家眼中正離家出走的我，衣服怎麼可能晾在那裡呢？所以我的衣服只能在房間裡拉繩掛著晾乾，至於內衣等不起眼的東西則和邦子的衣服混在一起，晾在外面。

為了將京子犯罪的現場狀況記錄下來，我叫邦子買了一台微型照相機回來，不過到現在還沒有機會派上用場。我把連接手機的耳機塞進一隻耳朵，這樣我就不必用手拿電話，躺著也能豎起耳朵打聽主屋裡的動靜。

現在我和邦子的聯絡中斷了，無法了解主屋內的動靜。以前也常出現這種情況，可是不久就會再次接通，傳來邦子滿是歉意的聲音：「對不起，我沒注意到電話斷了。」

從打開十公分左右的窗外，傳來雪花飄落的聲音，中間夾雜著人的說話聲。我立刻清醒過來，依依不捨地從暖桌的暖意中走出來，小心翼翼地向下看，免得被人發現。地面上還沒有積雪，真是遺憾。

站在主屋和偏屋之間的石子路上聊天的是爸爸和繪里姑姑，剛好就站在邦子房間的正下方，我正好看見他們兩人的頭頂。因為離得這麼近，所以他們的對話我聽得清清楚楚。

「已經第四天了。」

爸爸繞著直徑一公尺的圈子緩緩地走著，說話時雙拳緊握。別看他平時在部下面前正襟危坐，一邊用手撫摸著他那滑稽的鬍子，一邊嘴裡含混地說著：「唔……」一副胸有成竹的樣子，當只有家人在場的時候，他的威嚴氣勢都不知跑到哪裡去了。

「什麼第四天了呀？」

繪里姑姑雙手環在胸前，嘴裡吐著煙圈。

「奈緒離家出走，已經四天沒回來了！一定是發生了什麼事情！難道出事了……還是，啊，一定是遭人綁架了！」

「綁架？怎麼會呢？」

「怎麼不會呢？啊！肯定是這樣，她一定是被人綁架了。我應該知道的，很快就會有恐嚇信送來，一定是這樣。」

「是不是還有奈緒被切掉手指的照片啊？」

繪里姑姑苦笑著說道，結果爸爸逼近她責問：

「妳胡說什麼！妳這樣講太過分了吧，太過分了吧！早知道，就瞞著奈緒，在她身上裝個發信器就好了！」

我心中一驚，想起爸爸以前送給我的玩具項鍊原來是個發信器。如果當初他們趁我不注意時在我身上安裝發信器的話，那我躲在邦子房間的事早就敗露了。不過，聽爸爸現在的口氣，應該沒在我身上安裝什麼可疑的機器。

「哥哥，什麼綁架啊？你想太多了。她會不會住在朋友家？」

「我已經給奈緒的朋友們打過電話了，他們都說不在。奈緒在一個朋友家住過兩晚後就失蹤了。以前這孩子離家出走時，我都悄悄地四處打電話，確認她安全才放心，可是這次不同，能打的電話都打過了，就是沒有半點她的消息。」

我從來都不知道，以往自己不告而別、離家出走的時候，背地裡曾發生過這些事情。離家後寄住在朋友家時，他們也從沒告訴我接過爸爸的電話。原來他們和爸爸都是一夥的，不僅如此，恐怕我沒去過的朋友家中也接過這樣的電話：「你們知不知道我家的奈緒在哪裡？」真相讓我備感羞辱，只想撲倒在地，滾來滾去地發洩一下。朋友的母親接到了這樣的電話，一定會在晚飯時當笑話說：「哎喲喲，那個奈緒又離家出走了，真是個讓人頭痛的小傢伙。呵呵呵。」

本來我想找個時間，用手機打電話給朋友好好聊聊，可是爸爸的話讓我完全打消了這個念頭。說不定朋友會向爸爸告密。

爸爸一直在同一個地方繞圈子，沒多久，石子路上就出現一圈漂亮的圓形腳印。繪里姑姑用指尖將菸頭彈向遠處，臉上露出倦怠的神色。

突然，爸爸停住腳步，下定決心似的握緊拳頭說：

「算了，還是報警吧。」

「報警？」繪里姑姑反問。「先別找警察，說不定再等個幾天，那孩子就沒事回來了。」

我在他們頭頂上的房間裡打從心底支持姑姑的想法，要是驚動了警方，發現我原來就藏在偏屋裡，那將會是我人生中最大的汙點，說不定每次事後想起來，都會害我抓狂尖叫。事情要是發展到那個地步，對我將會極為不利。

爸爸也在繪里姑姑的勸說下，打消了報警的念頭。

隔天就是聖誕節了，我叫邦子買信紙和信封回來，開始給家人寫信。

大家身體還好嗎？我過得很好。離家後，好久都沒有和你們聯絡了。我現在住在朋友家裡，這個女生是我前幾天在書店認識的，我和她很合得來，相處得很愉快。她的房間雖然又小又舊，卻讓我感到安心……

我把信交給邦子，吩咐她當天把信投進家裡附近的郵筒。只要我說清楚自己現在平安無事，爸爸就不會選擇報警；再說成這個朋友是剛剛認識的，爸爸也就不會懷疑為什麼我沒告訴他這裡的電話號碼了。

到了晚上，虛構出一封平安信讓家人好過聖誕節的做法，讓我覺得自己好淒涼。傍晚時，邦子回來向我報告京子做好了聖誕蛋糕等奢侈品的消息後，繼續回去忙。當晚，她一直忙到很晚，深夜才回來房間。她手裡托著一個很大的盤子，上面盛著一個半圓形的蛋糕，看來是帶回來給我的。

「啊，這個是大家吃不完，剩下來的……」

「好極了。」

雖說是吃剩的，蛋糕仍然大得很。我就像從高台上一躍而下跳進水面的跳水選手一樣，以極快的速度將蛋糕消滅。要是當時有個人類學的學者在場，看到現代的國中女生突然爆發出如人猿般的攻擊性食慾，一定會驚訝得目瞪口呆。不過，邦子卻笑咪咪地瞇起眼睛，看著我狼吞虎嚥。

天又亮了，中午又過去了。我接到邦子的報告說，那封信已經蓋上這裡的郵戳寄了過來，爸爸收到信後，終於放下心來。

最初我可沒打算在邦子的房間住很久，可是很多天過去了，卻一直沒看見京子潛入我的房間，我只好又在暖桌中昏昏欲睡地過了幾天。

我一直樂觀地認為很快就可以捕捉到犯罪的一瞬間，另一方面則是出於讓我繼續在這狹小的房間裡等待的嘔氣心態，但最讓我覺得意外的是，這種等待並沒有讓我感到痛苦。

邦子每天都按照吩咐為我準備吃的，半夜裡，我又會派她去附近的便利商店買些容易保存的食物。當我把這些食物消耗一空的時候，就用手機發送求救簡訊給她：「肚子餓了。」然後邦子就利用在廚房工作的有利條件，趁其他傭人不注意的時候，悄悄地準備吃的給我。

要遲鈍的邦子做這些事，我原本有些忐忑不安，不過她一直做得很好，到目前為止還沒被人發現。當然，如果有人發現了，她就會照我教的說：「這是我替自己準備的宵夜。」這樣就算大家覺得奇怪也不會有問題了。我又沒做什麼見不得人的事，不用放在心上。

不過，整天坐在房裡很容易發胖，所以只要隔壁的栗林不在，我都會抓緊時間在這個三張榻榻米大的小房間裡運動運動。有時候站在暖桌上做伸展操，舒展僵硬的筋骨，還曾經配合著音樂做健美操。邦子知道後用遲鈍的口吻說：「請妳別再那樣做了，住在樓下的大塚會罵我的，她一定以為在樓上跳來跳去的人是我呢。」最後在她的抗議下，我放棄了這項運動。

夜深人靜的時候，我就離開房間去慢跑。外面天黑得有些嚇人，所以我就拉著不情願的邦子一同出門。由於正門裝有可以看清來訪者面孔的監視器，所以我不走正門，而是從後門出去。其實就算不會被人錄下行蹤，或者深夜時沒人察看監視器，我還是打從心底想避開正門，選擇沒有監視器的後門。直直地穿過後院就是後門了，整扇門掩藏在外牆邊的灌木叢中，一眼望去，就像一個木製的偏門。

我和邦子兩人穿過後門，逃出院子。來到外面，重獲自由的感覺迎面撲來。為了避人耳目，我戴上了棒球帽，把長長的頭髮藏到裡面。雖然風險不大，但說不定會碰上熟人。

帽子也是我吩咐邦子買回來的，是巨人棒球隊的黑色帽子，還是小學生戴的那種。戴著這樣的帽子出門，若真的遇到熟人的話，真是丟臉死了，我一定半句話都不說，轉身就逃。所以我外出慢跑的時候為了不被發現，都非常謹慎。

邦子走路很慢，慢得讓人感覺不到她在移動。

我叫邦子帶著開著的手機，一整天聽到的都是她接二連三失敗的情形。她記性很差，只聽一遍根本記不住，所以別人吩咐她做事時，她總要自己反反覆覆地說上幾遍才記得住，那些細碎的聲音會透過電話，一直傳到我耳裡。

她真是個奇怪的人，話不多，我若不開口問她，她可以一直沉默不語，但她的沉默又不會讓人感到拘束。剛開始接觸的時候，我對這點充滿了疑惑，可是和她相處久了，才慢慢地體會到那隱藏在沉默後的溫柔。對她而言，寂靜無聲才是最自然的狀態，一語不發的時刻才是真正的放鬆，她的安靜就像是一首讓人放鬆的旋律，遠勝過那些古典音樂。

夜裡，我們兩個面對面坐在三張榻榻米大的小房間的暖桌裡，即使沒有音樂或人們的對話，這個小小的空間也充滿親密的氣氛。

邦子的動作超慢，再加上身材瘦長，整個人看上去就像一棵纖細而營養不良的樹。一個人行動緩慢本來無可厚非，不過就不太適合做一些細碎的工作。有好多次，邦子都成為大家嘲笑捉弄的對象，但不知從何時起，我竟然喜歡上她這種節奏。不知道她那堅韌的個性，是不是因為這種獨特的度日方式而養成的。

有一次，其他傭人故意把一件無聊透頂的雜事分給她做，夜裡，她就在我面前做著那件費時又費力的工作。

「真是拿妳沒辦法。」

我一邊說一邊幫忙，但只做了十分鐘就厭倦了，開始呼呼大睡。早上醒來的時候，她已經把工作完成了，神態十分平靜，沒有半點張揚，似乎那完全是她份內的事。一定是她這個人比普通人遲鈍許多，才感受不到那些因為工作而引發的絕望。

房間的置物櫃裡放著塑膠水桶和食物，確保我平時喝水和吃東西的需要。邦子自己幾乎沒有什麼物品，只有幾件樸素的衣服。原本還有幾件行李也搬走了，以騰出空間讓我住。我以為她把那些行李處理掉了，她卻說：「暫時寄放在朋友家裡。」

結果，最後整個房間都是我叫邦子用信用卡買回來的東西。

我看她對金錢和財物不是很熱心，便開口問她，她卻說：

「啊……這個嘛，要是有了錢……我也會和別人一樣高興啊。」

十二月三十一日除夕，到了傍晚，眼看吃跨年蕎麥麵的時間要到了，我興奮地打開置物櫃，尋找那種澆上熱水就能吃的杯裝蕎麥麵。為了這一天，我早就要邦子買回來了。直到那一刻我才發現，置物櫃底下的地板短了一截，感覺上不像是有人故意抽開的，只是地板的長度不夠才露出一截的樣子。

我掀開地板看了看，裡面有件東西，好像是邦子的，拿出來才發現是那種大學生用的便宜筆記本。不過，與其說是藏起來，倒不如說是放在那裡吧。筆記本的邊緣已經發黃了，紙頁快要散落下來，所以用透明膠帶黏著。我毫不猶豫地翻著，都是一些用原子筆畫的圖。

也許邦子喜歡寫生吧？她畫了許多飛鳥、大海和花，還有風景和建築物。坦白說，第一頁的圖畫糟透了，還不如我畫得好呢。可是一頁一頁地翻過去，就會發現她的繪畫技巧不斷進步，翻了半本左右，她的圖畫已經可以和黑白照片媲美，可以說她已經完全捕捉到繪畫的技巧了。

筆記本的後半部分畫著菅原家的人和那些為菅原家工作的人。雖然這些畫是用普通的原子筆畫在不知道哪裡撿來的髒兮兮筆記本上，我卻如獲至寶。

有些畫是臉部素描，既有我認識的人，也有我不認識的人，還有一張畫著垃圾回收車和一個正在車子旁邊忙碌的男人。那個男人身穿制服，滿面笑容。菅原家丟垃圾的工作由邦子全權負責，幾乎每天都要把滿滿的廚餘和雜誌等運到垃圾場去。這幅畫大概就是她日常生活的寫照吧，我經常從窗戶縫隙看到她抱著我們這區指定的透明垃圾袋，從石子路上走過。

最後一頁畫的是我。

遠處傳來除夕夜的鐘聲時，邦子才完成工作回到房裡，好像是一直忙著準備年菜。新年到了，我一個人孤單地坐在這個只有三張榻榻米大的小房間裡，感受著送舊迎新的瞬間。

我把擅自翻看筆記本的事情坦白告訴邦子，她並沒有生氣，反而有些害羞。她再把筆記本拿出來給我看，還做了些說明。

「這裡是我的家鄉。」

她指著大海那幅畫對我說。畫那幅畫的時候，她的繪畫技巧還不成熟，有點像小孩子在亂塗亂畫。畫裡有形狀特別的岩石和神社鳥居，好像是個觀光勝地。我不禁開始想，邦子小時候究竟是個怎樣的孩子？想來想去的結果就是，一個女孩孤獨地坐在一望無際的海邊，在筆記本上揮動著原子筆。

當我問起她家人時，她告訴我自己兄弟姊妹多，家境不富裕，不過，比上不足、比下有餘。我又問她的兄弟姊妹是不是也和她一樣慢悠悠的，她想了一下，搖搖頭。

我則對她說了學校裡發生的事，為了攻擊京子，還把我親生媽媽遺留下來的手帕的事也講了一遍。那條手帕我也帶到這個房間來，還拿給她看，連在外面交那些朋友的事情也說給她聽。說著說著，我猛然想起住進這房間前和朋友在一起的那些事，便問她：

「邦子，妳的朋友是怎樣的人呢？」

她似乎也有個比較親近的朋友，有時也會出去和朋友聚會。不過，那些時候我可從來沒有用她的手機來竊聽。

她告訴我，她是在附近做雜事時常遇到某個朋友，才自然地熱絡起來，大概是住在這附近的家庭主婦吧。邦子每次聚會回來，手上都提著一份禮物——手工派。我總是非常期待那個派，慢慢在大腦中形成了一條公式：邦子的朋友＝美味的派。那些為我騰出居住空間所搬走的行李，應該是由那個朋友代為保管吧？

我們聊著聊著，突然聽到我身後的房間傳來栗林哼歌的聲音。栗林是個性情溫順的叔叔，可惜他根本沒有唱歌天分，每次他的歌聲透過牆壁傳來的時候，我都忍不住跟著唱，可是每次唱到低音的重要部分時，他便開始走音，或是唱到一半就完全轉到另一首曲子上去。像是本來唱的是《男人真命苦》的主題曲，可是唱到一半就換成水戶黃門的歌，每次我都想猛敲牆壁大喊：「我受夠了，老頭！」但每回我都只能握緊拳頭忍耐下去。

主屋那邊的燈光全熄滅了。我和邦子坐在靜悄悄的房裡聽著隔壁傳來的哼唱聲，每次那哼唱聲走音時，我們都會四目相對，強忍笑意。

遠處傳來了鐘聲，我才意識到有句重要的話還沒說。

「新年快樂。」

神社那邊，現在一定擠滿了新年參拜的遊客吧？一定會有很多穿著和服的女生，非常喧鬧吧？

隔壁的栗林不知何時好像也睡了，而我和邦子所在的三張榻榻米大房間裡，只能聽到從遠處傳來的鐘聲。

不知不覺中，我已經適應了和邦子在一起的生活。三張榻榻米大的房間很小，而相對於房間的面積來說，暖桌就顯然太大了。與邦子朝夕相對，我度過了許多清靜時光。有時候，夜裡我就直接縮在暖桌裡，香甜地睡去。住在邦子房間的日子十分安寧，就像在河水的沖刷下日漸圓潤的石子。

我在邦子的房裡住了十多天，幸好這段時間學校正在放寒假。而現在最重要的，就是當場逮到京子侵入我的房間。按照以往的經驗，只要我三天沒回家，那個人肯定會潛入我的房間，可是這次情況比較反常，因為這樣，我都已經快要放棄現場捉到京子的想法了。當然不是讓這件事不了了之，而是這次我等了這麼久，她都不曾出現在我的房間，我覺得她這次可能不會犯案了，真要是這樣，也該是我離開偏屋回家的時候了。再想起前幾天爸爸和繪里姑姑的談話，以及爸爸焦慮的神情，已經讓我感受到不少的勝利感。

我決定回家。一月三日晚上八時，也就是在邦子房間生活的第十三天，我離開了偏屋。當時，邦子還沒回來，住在偏屋裡的其他人也沒回來，所以沒人看到我的行動。

我沿著偏屋和主屋之間的石子路朝內院方向走去，也就是和主屋大門相反的那邊。那裡有個起居室，現在這個時間，我的家人多會聚集在那裡。為了能清楚地觀賞到後院的景觀，起居室有一面牆壁是用玻璃窗圍建而成，如果我在那裡現身，全家人一定會大吃一驚。

我的身體因為夜裡寒冷的空氣而不停地顫抖，抬頭仰望，只見星星在主屋和偏屋之間的夜空中閃爍。遠處傳來狗叫聲，我一邊聽著，一邊隔著鞋子感受腳下石子那堅實的觸感。

主屋後面有一個非常大的庭院，白天可以欣賞到水池和經過精心配置的草木，可是一到夜晚，這裡就會被層層黑暗包圍，有如投擲出去的石子消失在虛空中一般深不可測。我沿著主屋的牆悄悄地挪動腳步，一塊亮光從牆壁內側投射出來，將暗黑的地面剪出一個四方塊，那亮光正是來自起居室。

一想到我出現在那裡，爸爸他們臉上浮現出來的表情，我的心情便開始愉快起來。我做了一次深呼吸，吐出一團白氣。我的身體在嚴寒的侵襲下已快到達極限了，真的很想迅速地衝進家裡去。不過，我還是按捺住衝動的情緒，將後背貼著牆，盡量朝光亮的方向移動，還小心不要被發覺。

家裡傳出爸爸、京子和繪里姑姑的談笑聲，那笑聲充滿了溫暖，我甚至可以想像到大家在開著暖氣的房間裡，圍坐在桌邊的情形。大概是剛吃過晚飯沒多久吧，也說不定正在看電視。每個人的幸福笑聲混雜在一處，感覺充滿了凝聚力。

那情形讓潛伏在陰影處的我呆住了，一牆之隔的另一邊，並沒有因我的消失而顯出半點不自然，感覺依然是個非常完整的家庭。

剛才還非常強烈的「回家」願望迅速地委靡消逝，過了很久，我才發現自己正不由自主地一步一步往後退，企圖遠離那片亮光。

我跑回偏屋，祈求沒有被任何人看到。

我怎麼忘記了呢？躲在主屋陰影處聽到的那些聲音，跟我之間本來就沒有任何牽連。在被這個令人遺憾的事實擊垮的同時，我也感到異常的憤怒，前幾天從邦子的房間往下看到的，那個因為擔心我而在地上轉圈圈的爸爸，如今不管怎麼看都像是一種背叛。這種想法令我憤怒極了，我一邊鑽進邦子的暖桌裡取暖，一邊大力地用手掌拍打暖桌上的平坦桌面，甚至想用腳把罩在紅外線燈管外的金屬網踹亂。

突然間，我發現眼前擺著嶄新的信紙，和前些天使用的那種完全不同。上次為了寫信回家，我叫邦子買了幾種不同類型的信紙回來。

我抓過信紙，賭氣似的開始在上面亂塗亂畫，畫著畫著，腦海裡忽然閃過前幾天爸爸說過的一句話。

「我們已經綁架了你女兒，想讓你女兒回去的話，就要按我們說的去辦……」

然後就寫出這樣的一封信來。

我故意要讓爸爸他們為難。這一刻，我一心只想要把剛才聽到的那些談笑聲全部破壞掉。

3

邦子在深夜回來的時候，我已經把壞人誘拐我的綁架信草稿寫好了。

這個小房間的主人為菅原家忙碌了一整天後回到房間，拉開那扇老舊的木格子門時，立刻被眼前的情景嚇得當場呆掉，過了很久才回過神來，指著散亂在地板上的雜誌和小說的碎片問：「這究竟是怎麼回事？」那聲調一如往常般呆鈍。

「出大事了，菅原家的小姐遭人綁架了。」

「被誰、綁架的？」

我壞壞地一笑，回答說：「我。」

她一臉困惑的神情，似乎不明白我這句話的真正含意。

「奈緒小姐，妳幹嘛要戴著手套啊？」

「這個嘛，因為我不想在信上留下指紋。戴著它做事真是太麻煩了，討厭死了。」

空間不大，但住起來舒服自在的小窩裡丟滿了剪下、裁切後的紙屑。為了不讓人查出筆跡，我用剪下來的字弄成一封綁架信。本來也想過叫邦子買台打字機或電腦跟印表機，可是這裡實在沒有多餘的空間擺那些東西。

「在這段日子裡，我要扮演成遭人綁架的樣子，家裡說不定會亂上一陣子。」

邦子聽完，一副目瞪口呆的表情。

「妳是說，假綁架……對嗎？」

「啊，對、對，就是那個。邦子妳這傢伙，居然還能說出這麼專業的名詞。」

「不過……也就是說……」

她支吾了半天，竟然不知道該怎樣接下去才好。

「妳放心，讓爸爸他們擔心一陣子以後，我就會再寫一封信，講清楚那是在開玩笑，我根本不會索取什麼贖金的。」

「這個……只是個惡作劇對吧……？」

沒錯，妳說對了，我點點頭。

「不過，邦子，我有件事要交給妳去辦。我正在模仿綁架菅原奈緒的犯人口吻寫綁架信，明天妳替我把信丟進郵筒好不好？」

「這種事我不幹！」

她這次的反應倒是出奇地快。

以前寄給家人的信，都是邦子代我投進市內離菅原家最近的郵筒，這樣一來，信上就會蓋上這個城市的郵戳。不過，以前的信和犯罪事件沒有半點瓜葛，所以她對此一點也不介意。但現在要寄出的是綁匪的通知，如果透過郵局遞送的話，憑郵戳就能鎖定綁匪所在的位置，因此她才會不願意。我本想勸她說這只是個小小的惡作劇，沒必要放在心上，最後決定讓她直接把信送到家裡。

「妳可能不願意，不過我決定了就一定要照辦。」

「唔，話倒是沒錯……」

邦子顯得有些垂頭喪氣，然後就一直帶著沮喪的神情，拿著換洗衣服和毛巾到一樓的浴室去洗澡。

裁剪字的時候，裁紙刀不小心在暖桌的桌面上留下了劃痕。對這個暖桌我早已心生眷戀，也十分了解它的觸感和溫度調節功能運轉的時間，因此看到那些劃痕時，我心裡非常難過，不停地用指尖擦來擦去，可是那些劃痕已經無法消失了。

在邦子回來前，我已經用剪下來的字拼好了綁架信。從那些印刷品中尋找需要的文字，是極需要耐性的，那感覺就像從大海中撈起金魚一樣辛苦。厭倦至極的我只好想盡辦法縮短信的內容，將勞動量減到最低。大概是這種做法比較實際吧，居然沒多久就拼完了那封信。

我們　綁架了　你家的　女兒　菅原奈緒
付錢　的話　立刻　放人
不准　報警
報警的話　事情可就　沒那麼　容易收場

菅原家非常有錢，以金錢為目標的綁架，應該很有說服力。

我把裝好的信封交給從浴室回來的邦子。

「妳要小心別留下指紋。」

聽我這樣講，她便將衣袖拉長一截，隔著袖子抓住那封信，表情十分憂慮。

「妳真的要把這封信寄出去嗎？」

我點點頭，信封已經封好了。

「那個，上面還沒寫寄信人的地址呢。」

「當然不能寫。」

我把身邊的碎紙屑揉成一團丟了出去。

凌晨三點，邦子離開房間，去把那封信丟進家裡的信箱。她覺得早上做這些事情說不定會被人發覺，所以還是晚上進行比較好。本以為幾分鐘後她就會回來，可是她天生走路腳步慢，很久都沒回來，我等著等著，也累得沉沉睡去了。

一陣低沉的嗡鳴聲把我吵醒，我的手機正在暖桌的堅硬桌面上不停震動，是邦子打來的。我擔心自己發出聲音會被隔壁的栗林發覺，所以一直讓手機保持在震動狀態。窗外已經大亮了，我看看手錶，剛好八點。

一月四日清晨。

我按掉手機的震動，將連在手機上的耳機塞入耳朵。邦子那支手機的麥克風正蒐集著屋內的各種聲音，為了避免手機曝光，邦子總是把它藏在衣服裡面。而因為手機距離發出聲音的地點遠近不同，所以傳來的人聲常斷斷續續的，聽不清楚，不過神奇的是，我可以感受到室內的空氣，屋裡的人們是否沉浸在愉快的氣氛中、現在是不是很熱鬧之類的。

現在，電話另一端傳來的是緊張的氣氛。

「……的信封……誰發現的？」

是爸爸的聲音。那聲音聽上去像缺乏唾液的滋潤，十分乾澀。

幾分鐘前有人發現了那封信，現在已交到了爸爸手中，爸爸似乎剛讀完那封信沒多久。看來在我熟睡的時候，邦子已經趕去主屋那邊工作了，為了讓我知道目前的狀況才會打電話給我。

「我……剛才發現這封信放在信箱裡。」

一個蒼老的聲音回答說。那是開車的大塚叔叔，他描述著發現那封信的經過。手機收訊似乎不太好，有時候聽不到聲音，我猜爸爸他們應該是站在寬敞走廊上靠近正門的位置。這幾天以來，我一直透過手機監視主屋內的活動，所以大致可以根據手機訊號的強弱、聲音的反射以及模糊的程度，來推測邦子的位置。如果繼續鍛鍊下去的話，說不定有一天我能成為竊聽專家呢。不過，這好像是很難向別人展現的特技。

電話另一端似乎只有爸爸、大塚和充當移動竊聽麥克風的邦子三人。我用耳機監聽著兩個男人的緊張對話時，放在暖桌桌面上的右手也時而抓緊，時而鬆開，手心已開始冒汗。

「喂……怎麼……了嗎？」

忽然聽到一個女人的聲音，那是京子，正朝邦子的收音範圍靠過來。我繼續屏氣凝神地關注主屋內發出的聲響，似乎連京子的腳步聲和衣物的摩擦聲都能聽得一清二楚。剛起床沒多久的她，聲音仍然充滿睏意，我甚至可以想像到她穿著長睡袍、揉著眼睛走路的樣子。爸爸和大塚似乎回頭望了走近的她一眼。

「沒……啊，回頭我再告訴妳。」

爸爸講完這句話後，似乎將那封信迅速地藏了起來。

「……」

京子似乎疑惑地說了句什麼，我聽不清楚，不過我感覺到她似乎離開了那裡。

「嘿，妳也離開這裡，剛才聽到的話不准對任何人講。」

大塚的聲音比剛才聽起來清晰得多，應該是轉過頭對邦子說的，他想把邦子趕走。看來，邦子為了向我報告綁架信的反應，像記者一樣不斷靠近正在談話的兩個男人。別看她平時慢吞吞的，這次竟難得如此積極賣力，等她回來後，我一定要大大地誇獎她一下。

「雖然……的信，真的……？」大塚的聲音斷斷續續地傳過來。

「那種……啊……」

接下來是摸信封的聲音和爸爸講話的聲音。

這時，電話突然中斷，我竟然聽不到這場談話的結尾。是天線收不到訊號呢？還是邦子能夠接近的範圍到了極限呢？

我將一直積在肺裡的空氣用力吐出來，感覺有點虛脫，然後隨手將電話放在暖桌的桌面上。一直握著話筒的左手手心已經流出汗來，我把手心在暖桌的被子上擦了擦。

我打開壁櫥，拿出一個中型塑膠水桶，把裡頭的水倒進臉盆裡，把臉洗乾淨後，再將剩下的髒水倒入另一個塑膠水桶，然後打開一瓶罐裝果汁。不過我不敢攝取過多的水分，因為要去洗手間的話，一定得走出邦子的房間，沿著走廊走五公尺才會到，所以我盡量避免白天上洗手間。當然，之前我倒是冒險去過幾次，都是趁著中午所有傭人在主屋那邊工作時進行的，嚇得心驚膽戰，一點也不好玩。

我一邊喝著當早餐的果汁，一邊暗想：要是這個房間的水管鋪設齊全的話，我會更有效地利用這個壁櫥。那個小小的壁櫥放了水桶和食物後，幾乎沒再剩下任何多餘的空間。

過了一會，電話再次震動起來，我趕緊接通，將耳機塞入耳朵。

「……這個可以幫我拿著嗎？」是栗林的聲音，還有一些不知是什麼發出來的咔嚓聲。「不要像上次那樣掉到地上摔壞了。」

「知、知道了！」

那頭傳來邦子緊張的聲音，她好像在幫栗林做事的樣子。

從衣物的摩擦聲聽來，應該是有人把一件東西遞給邦子，然後我立刻明白，栗林正在換燈管。栗林爬上梯子，將安裝在天花板上的舊燈管摘下來，遞給在下方等待的邦子。我記得這種場面以前我無意中碰到過。

那次邦子好像滑了手，燈管就掉在地上摔破了，當時是換下來的舊燈管和準備換上去的新燈管，兩根都摔破了。

我在電話這端暗暗祈禱：這次可不要再失敗哦。電話另一端的邦子也一定在用顫抖的雙手，小心翼翼地捧著那根已經發黃的舊燈管吧。

「我說楠木，妳有沒有覺得從剛才開始，老爺就有些怪怪的？」

「啊……有嗎？」

「有啊，大塚先生也臉色鐵青。剛才我無意中聽到老爺在打電話。」

「打電話？」

「妳猜他打電話給誰？」

之後沉默了一會兒。

「打電話給警察呢。」

「噢……什麼?!」

我以為會傳來燈管落地摔破的聲音，結果什麼事都沒發生。

「……這次妳總算沒把燈管摔破。」

栗林鬆了一口氣說。

下午一點左右，幾個警察局的人來到菅原家。

「剛才來了五個警察……」

邦子確認四下無人後，透過電話跟我說話。「奈緒小姐，妳在聽嗎？」

「我一直在聽，妳小心點，絕不要被人發現了。」

我用罐裝果汁潤了潤唇，碳酸在我嘴裡「咻」地起了一個泡泡。

我心想：從發現那封綁架信到警方來訪，竟然花了這麼長時間。這期間也許在向家人和傭人蒐集資料吧？也許在清查每個人的背景，研究犯人是否就在這群人之中。

「來的警察都穿著便衣，有三個扮成太太家來的親戚，另外兩個扮成傭人，一前一後陸續進來。」

「現在那些人在幹什麼呢？」

「有一個正在幫房子裡的電話安裝儀器，應該就是那個赫赫有名的電話追蹤器吧，我還是第一次見到呢。」

「那其他人呢？」

「三個警察跟著老爺到一樓那個十二張榻榻米大的房間去了，好像正在談話。啊，剛才京子太太和妳的繪里姑姑也被叫到那個房間去了。」

「那就是說，京子她們正在聽有關綁架的說明。那些警察還沒向傭人們公布真相吧？」

「沒有。」

三個警察和我的三個家人在一樓那個十二張榻榻米大的房間裡啊。我稍稍起來，將窗戶打開一道小縫，冰冷的空氣緩緩地滲進這個空氣混濁的小房間。我一邊偷偷觀察外面的情況，一邊小心不要被人看見。

那間和室位於主屋的一樓，窗戶剛好對著偏屋這邊，就在我視線下方稍稍偏左的位置。平時很少有人用到那個房間，從裡面向外看，視線被偏屋所阻擋，看不到什麼景色。不過我猜正是因為如此，警方才會把大家召集到那裡。他們應該考慮到，綁匪可能正躲在某個角落觀察主屋內的動靜吧？正是考慮到不能把警方的活動暴露給綁匪知道，才會選擇聚集在那個毫不引人注目的地方。

我朝和室的窗戶那邊望去，只見幾個身穿黑色上衣、長相極為普通的年輕人站在窗邊，其中一個留著茶色頭髮，面孔很陌生。如果走在大街上和這個人擦肩而過的話，也只會把他當作普通的大學生而已，誰知道他會是個警察。他打開窗戶，吐了一口氣，那氣體迅速化成白色。天有些陰暗，所以兩棟樓之間的空地也有點暗。那個年輕人開始注意觀察四周，先是左右察看，忽然視線上揚，我趕緊退後躲起來，安慰自己說，沒關係，他並沒看見我，可是我心跳的節奏加快了很多。

等了一分鐘後，我再次透過窗戶縫隙觀察主屋那邊的和室窗戶。剛才那個年輕人已經不見了，現在房間裡的六個人正把頭湊在一塊，大概在看我昨晚寫的那封綁架信吧。爸爸說不定已經給他們看了我的照片，說明過我的年紀以及我離家出走時的外貌特徵。警方會不會問起我的性格，還有我和家人說過的話呢？如果警方有問起的話，我真後悔平時沒注意自己的言行舉止。

我再次把注意力轉移到電話上。

有人正在走廊上走動，那腳步聲不是邦子的，應該是一個比她重的人，沒穿拖鞋，腳跟直接踩在地板上發出咚咚的聲音。

「好大的房子……轉的話……沒把握……要是有個地圖就好了……」

這個男人的聲音我沒聽過。有五個警察來家裡，這應該是其中一個吧？他好像在和邦子講話，邦子回答的時候仍然是呆呆的「噢……」。兩人似乎是並肩走，從他們談話的蛛絲馬跡中我才明白，這個男人迷了路。原來他想調查一下家中的房屋結構，結果小看了這裡的規模，檢查完每個房間後，竟然搞不清楚自己人在哪裡，所以請邦子把他帶回大家聚在一起的那間和室。

「這個走廊我記得好像走過。好，送到這裡就可以了，謝謝。」

「……我可以問你一個問題嗎？」邦子用滿懷歉意的聲音吞吞吐吐地問：「你是警察，對吧？我聽說小姐遭人綁架了，是真的嗎？」

我明顯感覺到那個男人有些警戒。

「這件事情應該是保密的，妳怎麼知道呢？」

「啊，那個，老爺和大塚先生談起的時候，我在旁邊偶然聽到的。」

「那麼妳就是菅原先生提過，看信時也在場的那個女傭人。」

弄清楚來龍去脈後，男人的聲音明顯緩和了許多。

「嗯，那麼到家裡來的客人都是警察，對吧？」

「沒錯。」

「你們就來了五個人，真能找到小姐嗎……？」

對話過程中不斷出現雜音，有些地方聽得不是很清楚，不過，我還是大致掌握了他們聊天的內容。

「話不能這麼說，遇到這種綁架事件，到家裡來的人愈少愈好。如果有很多人進進出出的話，綁匪就知道已經報警了。妳放心，我們警局已經設立了特別搜查總部，不但出動了刑事課，還動員了其他課的人員前來協助，也向附近的警察局請求支援。已經有幾十個人在為營救菅原奈緒小姐開始行動了，我們一定會把妳家的小姐救回來的。好了，妳也不要太擔心……」

男人話說完，兩個人已經來到和室的門口。

之後，邦子就一直做些普通傭人該做的工作，我透過電話感覺到其他人似乎也如往常般忙碌著。

在走廊上拖地的邦子趁著沒人注意的時候，偷偷地用電話向我報告。

「老爺跟秘書聯絡過，說自己這段時間沒空回公司。不過，小姐妳遭人綁架的事情半句也沒提，好像只說了句新年剛過就感冒了。」

看來，他們是完全不打算讓菅原家以外的人知道這件事情。

電話另一端的邦子突然被什麼人叫住了，似乎是警察。

當時我正在剝橘子，趕緊停下手裡的動作，仔細聆聽警方講的話。他的聲音離得很遠，很難聽清楚，好像是警方把家裡的傭人一個一個請進房間，進行簡單的問話，現在輪到了邦子。

她在警方帶領下進入那間和室，和室門磨合得完美無瑕，隔著電話根本聽不到開關門時拉來拉去的聲音。腳步落在地板上的聲音略有不同，說明邦子已經從走廊的地板跨進房內，踩在榻榻米上，因為任何聲音在走廊上都會帶著小小的回聲，而在那間寬敞的和室裡則不會。

一個響亮的男人聲音請邦子坐下，大概是其中一位警察吧。那個人說話時略帶地方口音，還不時用牙齒縫來吸氣，看來他是負責問話的警察。大概人的聲音也是有年輪的，從這個人的聲音，我推測他快到退休的年齡了。

「妳就是楠木邦子吧？」

「是的，沒錯。麻煩你了，對不起。」

「菅原先生看信的時候，妳碰巧在場，所以妳應該大概知道發生了什麼事情，對吧？」

這個人一開始便簡單交代清楚我遭人綁架的事情，沒談起信的內容。我想他向其他傭人說明情況的時候，也都是用這種方式吧。

「可否請妳說一下自己的出生年月日和出生地，讓我們確認一下呢？」

「可以，我是……」

邦子回答時的口吻一如往常般忐忑不安。

簡單地問了幾個問題後，負責問話的警方從牙縫吸了一口氣，問出最後一個問題。

「最後還有一個問題想問問妳。」

「是。」

「妳覺得遭人綁架的菅原奈緒小姐是個怎樣的女孩呢？」

「就像《哆啦A夢》裡的胖虎……」啊地一聲過後，邦子迅速閉上嘴巴，然後慌亂地重說一次，「嗯，就……非常可愛，怎麼說呢……是個非常聰明的孩子。」

她剛才似乎忘了我正在電話旁邊監聽這回事，等想起來後，趕緊補救，語調十分慌張。

其他傭人似乎早已經進來問過話了，大塚夫婦和栗林又是怎樣談起對我的印象呢？

警方吩咐邦子繼續像往常一樣做好份內的工作，然後就讓她離開和室了。邦子走到無人的角落後，開始跟我講話。

「那個……剛才我被叫到和室裡問話去了。」

「嗯。」

「妳該不會都聽到了吧？」

「妳說誰是胖虎啊？」

「……這個，其實，我本來想說妳像胖虎一樣充滿了力量……」

「豈有此理！」我盡量壓低聲音說。

從窗戶的縫隙向外看對面主屋那一邊，只見警方進了我的房間。雖然我應該沒擺出那些不該讓人看到的東西，但還是有些不放心，很想從窗戶探出去，用望遠鏡仔細地確認一遍，可是被看見就糟了。鬱悶了一會兒之後，我心想：

也就是那些東西，你們看吧，然後感覺釋懷了許多。另外值得慶幸的是，警方沒有過來一一檢查傭人房，這讓我大大地鬆了一口氣，因為邦子的房間根本沒有能夠躲藏的地方。

有個警察打扮成傭人的模樣，隨意在房子周圍走來走去，大概是在監視周圍的動向吧。

菅原家的宅院十分寬廣，因此宅內有很大部分都無人活動，也就形成許多可以避開大家視線的場所。邦子找到其中一個很少人去的地方後，向我報告剛剛蒐集回來的情報。電話不是每次都那麼清楚，所以單靠電話監聽，無法完全掌握主屋內的狀況。實際上，那些警察長得什麼模樣，我都還沒有弄清楚。我躲在小房間裡，一邊聽著邦子的報告，一邊像填補被蟲蛀過的洞洞一般，在腦中將隔壁建築物的情形一一補充完整。

邦子略微聽到了幾句警方談論那封信時的話。

他們推測，既然綁架信上沒有郵戳，就可能是由綁匪親自送到家中，也就是說，綁匪潛伏在附近的可能性非常大，說不定正躲在某處監視這棟房子呢。

「吃午飯的時候，老爺突然站起來，把桌上的盤子丟到牆上去了。」

邦子一邊小心留意著周圍的動靜，一邊向我報告。爸爸肯定急死了。

「太好了，對吧？」

邦子說。

「啊，什麼太好了？」

「妳本來不就是希望情況變成現在這樣子的嗎？」

「唔……」

「啊，有人來了，報告完畢。」

做完報告後，她又恢復傭人的身分，繼續充當我的竊聽麥克風。愈來愈近的人影讓她有點心神不寧，慌忙把電話塞進口袋裡。

這時，一陣熟悉的女聲透過耳機傳來。

「啊，是楠木啊……妳在這兒幹什麼呢？」原來是京子。我有點吃驚，因為她的聲音竟然有些悶悶不樂。「等會把茶送到我房間來。」

邦子將茶準備好，朝京子的房間走去。那大概是紅茶，我聽到電話那邊傳來茶壺和茶杯在托盤上碰撞的聲音。

我坐在小房間的暖桌裡，閉上眼睛，側耳傾聽京子房間外的敲門聲。「進來。」裡面傳出京子有氣無力的聲音。邦子走進房裡，傳來整套茶具放在桌面上的聲音。兩個人都沒有講話。

雖然隔著電話，我卻看得見京子坐在椅子上，身上穿著沒有任何裝飾的樸素衣服，雙肘支著桌面，整個身體向前傾，一副有氣無力、備受打擊的模樣。那姿態就好像一隻貓弓著腰蜷成一團，又好像一塊開始融化的乳酪，總之，那種四肢無力的姿勢透露出來的虛脫感有些嚇人，讓人有點擔心。

從京子的房間出來後，邦子對我說：

「京子太太沒事吧？整個人都垂頭喪氣，打不起精神來……」

聽她這麼講，我的心情十分複雜。我是因為懷疑京子闖入過我的房間，才跑到這個小房間裡來的。以前我們經常吵架，我覺得她是討厭我的。對她而言，我只是一個前妻留下來的孩子，而且是和她丈夫沒有血緣關係的小孩。可是當她聽到我被綁架的消息後，竟然會突然委靡成這個樣子，這實在太反常了。那感覺就好像散步的時候，背後突然被人用手刀劈了一下，打擊來得有點意外，讓我措手不及。

我一直以為自己討厭京子，但是自己也搞不清楚到底討厭她哪裡。

我從暖桌裡爬出來，緩緩地將頭稍稍向前壓低，跑到壁櫥那邊拿出一份叫「不二家軟質鄉村餅」的餅乾，這是我最喜歡的零食。

我一邊小心不要在磨砂玻璃上映出自己的影子，一邊爬回原來的位置，享受著餅乾柔軟的口感和香甜的味道，同時繼續把注意力集中在電話那邊傳來的聲音上。

先是聽到幾個人的講話聲，背景傳來餐具碰在一起發出的金屬聲和流水聲，還有人穿著拖鞋在附近忙碌地走來走去的聲音。我猜那大概是廚房，大家正忙著整理午飯後的餐具。我不禁開始胡思亂想起來：今天午飯大家吃什麼呢？是年糕湯嗎？今年我還沒吃到年糕呢，也還沒看過賀年卡。

「……這種時候，誰能安下心來工作呢？」

開口講話的是大塚太太。穿著拖鞋走路的聲音停下來了，只剩下流水聲，接下來是一陣怪異的沉默，這時手機訊號倒是異常的清晰。

在離手機很近的地方，傳來擺東西的喀噠喀噠聲，大概是動作遲緩的邦子在一件件地擺放餐具吧。電話就放在她的口袋裡，所以離她愈近的聲音傳過來就愈響，也愈清晰。

「邦子，警方說明情況前，妳就知道小姐的事情了，對嗎？」

「啊……那是，我早上經過走廊的時候聽到老爺他們說的……」

「妳這慢吞吞的傢伙，為什麼不立刻告訴我呢？」

「對不起……」

邦子臉上一定又是那種為難的招牌表情。

「真是的，妳這種人怎麼能待在這裡呢？要不是妳叔叔很會討好菅原家的上一代，像妳這種動作慢吞吞的人早就被辭退了。」

讓妳打掃房間的話，會打破東西；不會招呼客人，連倒茶的禮貌都不懂。瞧妳，那個苦瓜臉擺給誰看啊？大塚太太一邊洗餐具，一邊數落邦子的不是。

不知道邦子是不是已經習慣了被人這樣嘮叨，她根本不為所動，只是一味地重複著剛才的話。

「對不起……」

夜裡，邦子回到房間，說警方和爸爸一直在等綁匪聯絡，因為不知道下一次聯絡又是書信呢，還是會換成電話，所以大家心裡都有些七上八下。

我迷惘了。警方已經大規模出動，令我開始害怕，還有一點罪惡感。我把這些想法告訴她，她也是一副不知該怎麼辦才好的表情。看她那個樣子，我不禁說：沒關係，我也沒指望妳能給我什麼好意見。聽我這樣講，她又像個孩子似的嘟起嘴巴說：「對不起嘛。」

「不過，現在也不能出去說那封綁架信是假的。要不要再等幾天？說不定警方等不到綁匪，就會自行收隊了。」

邦子還提出這樣一個建議。她現在似乎不太願意我離開這裡，因為她把我藏在家裡這麼久，萬一事情敗露，大家一定會把她罵得體無完膚。她一定很擔心這點。假如我現在像沒事似的跑回去，肯定也會被大家狠狠地責罵一頓，我也不願意那樣。

於是我想了一個辦法，打算讓大家認為今天早上寄到菅原家的綁架信，是不相干的人的惡作劇。

我裝作對綁架完全不知情的樣子，又寫了一封信給爸爸，就和上次向爸爸報平安的信差不多。要是爸爸收到這封信，說不定會把那封綁架信看作是我朋友的惡作劇，然後因此放下心來。因為只要進行筆跡鑑定，就會知道報平安的信確實是我寫的。

我選了一張跟昨晚那張不同的信紙，開始寫信。必須和那封綁架信區分得一清二楚才行，絕不能用相同的便箋。

大家好，我是奈緒！我現在依然寄住在那個在書店認識的姊姊家裡，我們在暖桌中一起迎接了新年。我本來也想回家的，可是對姊姊家的眷戀愈來愈深，非常捨不得離開。我現在住的房間，跟以前和媽媽同住的舊公寓有點像，令我非常想念從前的日子。現在我每天都坐在暖桌裡吃零食，過著非常懶惰的生活。爸爸，你過得怎麼樣？生活方面有沒有變化？

我把信寫完後，交給了邦子。只要她把這封信丟進郵筒，明天就能送到家裡，假綁架事件也就會在開始後的第二天落幕了。

第二天是一月五日。

凌晨三點，我偷偷跑進浴室，迅速地洗了一個澡。在我洗澡時，邦子出去寄信。偏屋的浴室建在一樓朝向主屋的那一邊，如果開燈的話，非常引入注目。雖然時間還早，但說不定主屋那邊已經有人在監視住在偏屋的這群傭人了，如果他們發現半夜三更有人在裡面洗澡，一定會起疑心。

我在黑暗中把身體泡在浴缸裡，熱水已經開始變涼了。偏屋的浴室和邦子的房間差不多大，不開燈的時候，窗外微微透進一縷亮光，好像是主屋那邊和室的燈還開著。

浴缸的水面輕輕晃動著，將窗口透進來的微光反射出去。

我在腦子裡惦記著前去寄信的邦子。

說不定警方已經將注意力轉移到以前我寫給爸爸讓他安心的那封信上。沒錯，他們一定已經在調查那封信了。那封信上蓋著這個城市的郵戳，對此，他們是怎麼想的呢？

說不定他們會推測出，信上那個「新朋友」的家就在這個城市的某個地方，他們可能已將調查的重點，放在那家我和所謂的姊姊認識的虛構書店上。我甚至想像著警方一家一家地走訪這個城市的書店，拿出我的照片，請店員回憶是否見過這個孩子。

「你有沒有見過這個女孩？當時她身邊可能有另一個女人陪著……」

店員當然會搖頭說不認識，然後警方就會繼續跑冤枉路，直到把城裡每家書店都問過一遍。然後再開始調查其他城市的書店，要真是那樣的話，單憑我的一封信就浪費掉國家許多稅金。

我忽然想到，說不定警方正在監視這個城市裡的所有郵筒。不，不會的，警方不可能二十四小時內，在每個郵筒旁都配備一個監視的人，他們也沒有那麼多人手可調派來偵查這件案子。再說，就算分配了人手，也不可能懷疑每個來寄信的人。還是，警方的調查工作果真能貫徹到這種地步呢？

因為水已經涼了，身體有點冷，所以我趕緊從浴缸裡站起來淋浴。

邦子回到房間的時候，兩手提著裝滿零食、果汁和便當的塑膠袋。是我要她順便去一趟便利商店，買些能吃上好幾餐的食物回來。我不知道她是跑去哪裡買的，只覺得她去了很久。

在她回來前，房裡只亮著一個橙黃色的電燈泡，因為邦子不在的時候，房間露出燈光會引人懷疑。

邦子開了房間的燈後，我才發現她的臉和鼻頭全都凍得紅通通的。這個三張榻榻米大的小房間裡除了暖桌以外，沒有其他取暖用品，但也比外面暖和多了。她迅速把腳伸進暖桌裡，整個背弓起來，像貓咪拱起身子一樣。在紅外線的烘烤下，她臉上的神色才漸漸放鬆下來。

「夜裡房子外好像沒人監視。我走的是後門，那裡還可以自由進出，不過，聽說正門那邊晚上也有監視器在看著。」

看來警方是利用那個安裝在正門、用來監視來訪者面孔的監視器來進行通宵監視。顯示監視器影像的螢幕原本放在家務室的牆上，不過接上電線的話，就可以連到那間和室裡，改造一下還可以用錄影帶錄下來。

他們的想法是，如果綁匪繼續像寄送第一封信那樣，直接把信塞入正門旁的信箱的話，就可以當場逮捕，和我前幾天實施的計畫差不多。

冷空氣從看不見的縫隙鑽進來，奪走我的體溫。窗外漸漸明亮起來，玻璃窗的表面凝結著我們呼出的水氣，慢慢地化成水滴，將整個窗戶遮蓋了起來。

「要是沒有這個暖桌，我們絕對早就凍死了。」

洗完澡後也不能用吹風機，濕漉漉的頭髮過了很久還不乾。偏屋的更衣室裡有個吹風機，可是聲音太大了，所以我很少用。對於我的感慨，邦子毫無異議地點點頭。

「妳出門的時候，有沒有警察叫住妳？」

「走過主屋旁的時候，有人跟我打招呼，那是個通宵工作的警察，他發現了我。不過他不知聽誰說過，我以前就經常夜裡出去買東西，所以好像沒怎麼放在心上。」

我在心裡暗自琢磨，警方會不會是表面上允許她出去，然後偷偷地在她背後跟蹤？不過他們很可能也考慮到，還是讓大家保持以往的習慣比較好。如果住在這裡的人突然改變了習慣，躲在暗處監視的綁匪就會知道這家人報警了。那可是他們最不想看到的結果。

我在暖桌的桌邊和牆壁之間挪動著身體，然後把頭伸進暖桌裡。現在我愈來愈習慣在狹窄的空間內移動了，在半徑兩百公里的範圍內，我說不定是能最快鑽進暖桌裡的人。

整個暖桌內部都裹在紅色的燈光裡，有段時間，我一直以為這紅色的燈光就是紅外線，不過我弄錯了，紅外線屬於非可視光，根本無法用肉眼看到。現在這片紅色的燈光下，只有邦子的一雙腳顯得特別突出。

「……小姐，妳把頭伸到暖桌裡幹什麼？」

「沒什麼……我只是想用暖桌把頭髮烘乾……」

到了白天，房裡也沒有暖和起來，因為這個房間位於偏屋的北側，沒辦法跟溫暖的太陽建立良好的友誼關係。

我被綁架的消息還沒有公開，所以報紙上還沒有刊登與我有關的報導，如果需要登照片的話，我希望能選用那些微微向右側身二十度、臉上略帶笑容的照片。拍得最好的一張就放在書架上的相簿裡，我甚至考慮過寫匿名信給報社，建議他們選用那張照片。

電話另一端隱隱約約傳來警察們的說話聲。正在講話的警察似乎有個和我一樣大的女兒，不過他向同事抱怨，說他們父女關係並不好，他受不了女兒總是用鄙視的眼光對待自己。

「我一覺醒來，好像就在身邊……就在耳邊聽到了奈緒小姐講話的聲音！」

栗林似乎和別人說過這樣的話。半夜的時候，他在枕邊聽到了我的說話聲。我和邦子談起這件事情，都忍不住隔著電話偷偷地笑出聲來。栗林聽到的正是我本人的聲音，房間的牆壁那麼薄，有時候聲音難免會傳到隔壁，所以以後我們說話的時候一定要更小心。
然後，又有人懷疑栗林聽到的聲音會不會是我的幽靈。
也就是說，我已經被綁匪撕票了。大家愈說愈離奇，忍不住笑出聲來，不過爸爸和警方都認為這件事情非同小可，還動怒了呢。
主屋裡的緊張氣氛透過電話都能感受得到，就算沒有邦子的回報，只是小心地從窗戶縫隙把化妝鏡伸出去，觀察一下周圍的情形，也能感受到那份緊張。偶爾觀察附近的人的表情，他們的臉上也都是異常嚴肅、擔憂萬分的神情。說不定他們正在拚命扮出一副沉痛的表情，要是笑出來的話，一定會挨罵。感覺上，全家上下就像一張拉得滿滿的弓，稍不留神，箭就會飛射出去。
在這樣的氣氛當中，傭人們還必須一如往常地做好份內的工作。
菅原家倒垃圾的工作，一直由邦子一人負責。每天都會有滿滿一大堆垃圾裝在透明塑膠袋中運送出去，現在每天還要準備警察們的食物，想必垃圾量也會增加不少。邦子每天都要在房子和垃圾場之間往返兩次才能運送完。

「妳就是在這裡工作的傭人……楠木，對吧？辛苦了。」

正要去垃圾場丟垃圾的邦子，在後門遇到一個男人和她打招呼。那個男人的聲音我從未聽過，有點嘶啞，好像一件有了裂痕的樂器。不過奇怪的是，那聲音富有魅力，傳入耳朵後許久仍餘音猶存，是很特別的聲音。那個男人的年紀應該不大。

「啊，我就是，謝謝你的關心。要你監視整個後院，真是辛苦你了。」

原來嘶啞聲音的主人是個警察。他和邦子簡單地聊了幾句，他們談話的情形全被電話這端的我聽得一清二楚。從邦子說的話看來，他們就在後院的某個地方。

「我來幫妳提一個垃圾袋吧？剛好我又是一身傭人的打扮，我幫妳把這些丟到垃圾場去吧？」

「不用，不用麻煩你了。謝謝你的好意。」

邦子的聲音裡充滿了惶恐。我想像她兩手抱著巨大的垃圾袋，向聲音嘶啞的警察深深點頭道謝的情形。

「那個……能不能向你打聽一下這次發生的事呢？」

邦子主動開口問。我曾經叮嚀過她，如果有機會和警察聊天的話，一定要打聽警方那邊的動向，她非常忠實地照我說過的話去做。

「只要我知道的，一定都告訴妳。」

「嗯，你們有在這房子附近派人調查嗎？」

「沒有，這附近都沒有派人調查，因為綁匪可能就在這裡。」

「哦，這樣啊，說得也是……」

邦子一邊點頭，一邊從警方的身邊走開，可能是朝後門那邊走過去。

「小心車子。」

剛才那個嘶啞的聲音在稍遠的地方叮嚀著，那聲音透過耳機傳到了我這邊來。

爸爸的憂慮到了極限。聽回來的邦子說，爸爸和京子為我的事情吵了起來，詳細內容不太清楚，但是好像聽到房間裡傳出兩人爭吵的聲音。

後來，邦子被叫去打掃房間，平常很少有人會吩咐她打掃房間的，因為她經常打破花瓶，不然就是弄壞昂貴的座鐘，還曾經把水灑到錄影機裡。所以她雖然是家裡的傭人，但除了擦地板之外，禁止她做任何打掃的工作，不過這次情況有點不同。

「因為我走進房間的時候，裡面所有東西都摔在地上，不用再怕有什麼東西會被摔壞了。」邦子說明當時的情況後，用滿懷歉意的口吻繼續說：「我還是第一次那麼輕鬆地打掃。」

看來，房裡有過一場激烈的爭吵，不然就是有一大群野豬從那裡經過。後者的可能性比較小。

住在和綁架事件毫無關聯的朋友家中的我寄給家人的信，明天應該就會到了。我迫切地希望，大家會相信所謂的綁架不過是一場惡作劇。

隔天，一月六日。

當表明我並沒有遭人綁架的信送到家中時，已經是下午一點了。

「就在剛才，正好走出門外的老爺發現那封信被塞進正門的信箱裡。現在那群警察和老爺正聚在房間裡談論那封信。」

我一邊聽著邦子的報告，一邊從窗戶縫隙看了一眼外頭的情形。在一觸即發的緊張空氣包圍下，就像是產生靜電一樣，我的脖子附近起了雞皮疙瘩。通往胸部深處那根粗粗的血管似乎被人用腳踩住了一樣，感覺沉重又痛苦。

信送來家裡已經過了兩個小時，可是警方還沒有離開的意思。邦子的電話比平時還容易斷訊，我甚至產生一種錯覺，以為房子裡有異常的空氣阻礙了電波的傳送。邦子說過，他們還在某間警局裡成立了一個綁架事件搜查總部，有很多人就在那裡調查我的行蹤。我想，或許還有一些人為了我的事情而整晚都不能休息吧。說不定，現在還有一些穿著西裝的警察正忙碌地跑來跑去，各種文件還散滿一地之類的。

擺在房裡暖桌桌面上的手機響了，是邦子打來的。為了避免被別人發現，她用很小的聲音向我說明主屋裡面的情況。

「不曉得那些警方打算怎麼處理。今天的那封信，除了老爺之外，還沒人知道裡面寫的是什麼。信一送到，他們就關進那間和室裡，不過剛才有幾個警察從裡面走出來，臉上的表情非常嚴肅。」

按照她所講的，看過信後，爸爸和警局方面的人對事件並不樂觀。

「奈緒小姐，妳還是少靠近窗邊比較好，小心被人發現。」

「知道了。」

我深深地鑽進暖桌裡，然後嘆了一口氣。好想喝熱可可啊，可是這個小房間裡連燒水的工具都沒有。有時，邦子回來後，會在一樓的公用廚房燒些熱水放在熱水瓶裡拿上來給我。平常我都盡量節約用水，但是現在熱水也已經用完，看來暫時無法喝熱的飲料了。

手機在桌面或其他堅硬的東西上震動時所發出的聲音，讓我有些難以忍受，我想起了接受牙醫治療時，鑽頭發出的聲響，所以每次電話震動的時候，我都慌忙地想要早點把它按停。

這次，我又被手機那令人討厭的震動聲驚醒。我竟然不知不覺地睡著了，剛才作的那個夢正要到關鍵時刻，我不禁暗自嘀咕了一句：「哼！」其實那個蒡蠢到爆，我一邊追著逃走的草莓蛋糕，一邊大喊：「等等我！」

「真是的！好不容易抓住了，正準備開始吃的說！」

我接通電話，一開口就這麼講。打電話來的人當然就是邦子。

「對，對不起！……怎麼回事？」

「那是我的事，和妳沒關係。妳那邊怎麼了？」

「啊，這個，我沒注意到電話斷掉了，所以重新撥通。小姐該不會是睡著了吧？」

我回答YES。

「……嗯，我現在要去倒垃圾，先這樣。」

我揉著眼睛，側耳傾聽電話那邊的動靜，先是傳來邦子整理垃圾袋時窸窸窣窣的聲音，然後是走在石子路上的聲音。邦子一如往日般穿過後院，從家裡的後門出去丟垃圾。

昨天那個聲音嘶啞的警察今天又和邦子打招呼。彼此寒暄過後，邦子剛想走過去，忽然想起一件事情，便向那個警察打聽。

「聽說昨天有一封信送過來了，是吧？」

電話那邊雖然沒有任何聲音，我卻可以感受到那個警察有些緊張。

「確實有封信送過來了。怎麼了？」

「啊，沒什麼，我只是碰巧看見老爺把一封信藏到懷裡，和警官們進到和室裡去了。嗯，該怎麼說呢，傭人們都在議論紛紛，是不是綁匪那邊又有什麼新消息了？」

那個警察的緊張稍微緩解，噗地笑了一聲。

「這樣啊，原來大家以為……放心吧，那封信不是綁匪寄來的。應該再等等就會把消息告訴大家了，不過我可以先告訴妳，今天的那封信是菅原奈緒小姐寫來的。那封信的筆跡毫無疑問是奈緒小姐的，信上說她正住在一個朋友家。」

「真的？」邦子驚訝的聲音略顯做作，看來有必要對她進行演技方面的指導。「也就是說，奈緒小姐平安無事囉……？」

「不，也不能完全……現在下結論還太早，那封信說不定是綁匪脅迫奈緒小姐寫的。」

被人威脅而寫下那封信？警方考慮得如此縝密，事情並沒有如我所想的圓滿落幕，這讓我有些沮喪。

「只要奈緒小姐本人沒有平安現身，我們是不能放棄那條線索的。妳想，奈緒小姐離家出走是十二月二十日，接下來的兩天一直住在以前的一個朋友家中，這點已經確認過了。可是，二十二日她跟朋友在街上分手後，就完全沒有任何消息了。接著，聖誕節那天寄來第一封信，上面說住在一個剛認識的朋友家中，可是關於那個新朋友，家人和我們警方都沒有任何頭緒。如果真有這個人的話，那麼信封上的郵戳告訴我們，她應該住在這個城市，也說不定這個女人就是真正的綁匪。當然我們也考慮過，這個人物說不定是綁匪虛構出來的，用來混淆警方的視聽。」

一月四日，信箱裡發現綁匪的第一封來信。

一月六日，也就是今天下午一點左右，收到一封絲毫感受不到綁架氣氛的來信，令事情出現轉機。

「這次的信上，同樣談到第一封信中出現的那個女人。如果奈緒小姐真的是自願待在那個女人身邊，自然沒有問題。但如果這兩封信都是奈緒小姐在綁匪的脅迫下寫的，那算起來，奈緒小姐遭人綁架至少一星期以上了。」

奈緒小姐寫下第一封信後被綁架，所以只有第二封信才是在綁匪脅迫下寫的，這似乎有點不合邏輯。綁匪應該不知道第一封信的內容，但兩封信的內容又完全吻合，如果只有第二封信是在綁匪的脅迫下寫出來的話，根本沒有必要和第一封信保持風格一致，反而應該為了表明情況異常，而在第二封信中談些完全不同的內容才對。基於以上理由，警方認為這兩封信應該是在完全相同的狀況下，如信上所說在某個安全的地方寫下的，或者都是在綁匪的脅迫下寫出來的。

聽聲音嘶啞的警察解說，警方認為情況可能屬於後者，他們認為綁架事件在聖誕節前就已經發生了。

「綁匪為什麼要在綁架奈緒小姐後，還讓她寫封平安信讓家人放心呢？應該立刻跟她的家人取得聯繫，表明已經得手了才對啊？我們認為綁匪是利用這段時間做準備，可能是想在通知綁票得手之前，先用一封信瞞住她的家人，免得他們去報警。」

但如果說那兩封信都是為了告訴家人自己住在新朋友家，讓家人放心才寫的話，實在是前後矛盾。通知完綁票得手後過了兩天，為什麼還要寫那種信來爭取時間呢？

「今天送來的信上蓋著五日的郵戳，也就是在這家人收到綁架信後的第二天，有人寄出了那封信。這封信的意圖和那封用剪字拼出來的綁架信的意圖，完全背道而馳，就像是完全不同的人，基於不同的想法所採取的行動。」

「哦……我想，那封綁架信會不會是什麼人的惡作劇呢？」

邦子吞吞吐吐地說出自己的想法。

「也有這種可能。說不定正如信上所說，奈緒小姐目前正住在這個城市的某個朋友家中；不過，也說不定是在這個城市的某個地方，被綁匪威脅而寫下這封信。」

「……那為什麼綁匪要寄來前後矛盾的信呢？」

「我們認為綁匪之間可能有內訌。」

綁匪「之間」？我歪著頭，用手蓋住耳機，想聽清楚那個聲音嘶啞的警察談話。

「也就是說，讓菅原奈緒小姐寫下『我很好，現在正住在朋友家』的人，和那個在菅原家信箱裡塞綁架信的人，不是同一個人。這些人的目標都是菅原家的龐大財產，才會聚集到一起犯罪，不過彼此之間的消息和溝通不是很順暢，所以才會產生現在這種前後矛盾的行為。今天送來的那封信應該是他們在聯絡方面出現的失誤。」

「哦……真、真了不起，分析得這麼詳細……」

邦子的那點腦細胞已經不知道該做出怎樣的反應才好了。

「菅原家擁有的巨額財產超乎想像，所以綁匪集團才會選擇向奈緒小姐下手。不過妳不用擔心，這群綁匪似乎只是一群烏合之眾，彼此之間缺乏溝通，連信封上的郵戳都不加考慮，幼稚得像一群孩子，妳家小姐一定會平安無事的。」

深夜兩點。

我把邦子房間的窗戶打開一道縫，足夠探出頭觀看外面的情形，臉上的毛孔接觸到窗外冰凍的空氣後開始收緊。主屋那邊幾乎所有的窗戶裡都看不見燈光，在黑暗的夜晚顯得異常寧靜。只有一樓那個有警方的和室還亮著燈，在主屋和偏屋中間的石子路上投下一縷白色的光線。看起來警方和便利商店一樣，都是二十四小時不休息。

「妳說，後門那邊現在有沒有人在監視？」

我關上窗。

「我倒是沒看見那邊有什麼人……前幾天我半夜外出的時候，被那個在主屋那邊工作的警察看見過。不過，我想後門可能不在他們的監控範圍內吧。」

聽她這樣講，我又開始想出去活動活動了，去便利商店買些好吃的，大吃一頓。

「我要出去！」

我握緊拳頭，向邦子宣布這個決定。

「啊！那可不行啊……！」

邦子持反對意見，不過她哪裡攔得住我。

「我說去就去！再不快點吃到不二家牛奶糖或明治巧喜糖什麼的，我會死掉的！」

「那我跟妳一塊去。」

邦子拿起一件修補過的短版斗篷站起來。

她也拿了一件短版斗篷讓我披上。本來我自己也有幾件禦寒的衣服，像離家出走時穿的那件大衣，還有搬進邦子的房間時，從自己的房裡帶過來的羽絨夾克。不過我不能穿那些衣服，因為警方知道我離家出走時的裝扮，說不定那件外套也和我一起成為調查對象了。羽絨夾克是我經常穿的衣服，要是遇上熟人的話，說不定會過來打招呼。

為了改變裝扮，我戴上了巨人隊的帽子，然後一手提著一隻鞋子走出房門，一路小心地不在地板上弄出太大的聲響，小心翼翼地走出偏屋，注意千萬不能讓人發現。

正門正被攝影機監控，我們必須走後門。走後門的話就一定要走那條石子路，還得從警方待命的和室窗前經過。現在是深夜，裡面有光線反射可能看不到，不過鑒於邦子上次已經被人看見過，我們決定這次稍稍繞點遠路，避開那個仍亮著燈的和室，從偏屋的外圍繞過去。

「邦子，萬一那裡有警察看守的話，妳一定要好好纏住他們，好爭取些時間讓我迅速逃走。」

她緊張地點點頭。

我和她沿著偏屋右邊的小路一路小跑著穿過去，就像逃兵一樣，盡量把頭壓低。還好，並不需要邦子做任何犧牲便順利離開後院。我們手上沒帶任何照明工具，黑暗中只能藉著天上的星光。夜晚的空氣寒氣逼人，偌大的後院裡只有一些和我一樣高的石頭，還有一些奇形怪狀的松樹暗影靜靜地站立著。

看不到任何活動的人影。從後院的正中央穿過實在太過招搖，因為那裡地勢開闊、視野良好，所以我們選擇緊貼著樹林旁邊走過去。在星光映照下，後門在地上留下一道陰影，不過夜色太深，看得不太清楚。我在邦子的引導下，從那個小門溜了出去。

離開菅原家的範圍後，我們又快步走了一會，直到覺得不會被人發現才終於停下腳步。一陣緊張過後的輕鬆，讓我感覺非常愉快，肺部也在貪婪地呼吸著夜裡高純度的空氣，冰冷的空氣進入身體後，我似乎感覺到自己的壽命又增加了兩個月。

我們朝最近的便利商店走過去，路旁兩邊的人家早已經進入甜蜜的夢鄉。途中，我們經過這個地區指定的垃圾場，那裡放著一個裝滿垃圾的半透明塑膠袋。

「啊，今天又不是丟可燃垃圾的日子！這不是難為了回收垃圾的人嗎……」

邦子的語氣好像丟垃圾的專家一樣，堅決反對這些違規行為。她嘟著嘴巴，用難得一見的熱心口吻講述著那些回收垃圾的人的苦惱。

我們一邊走著，一邊就寒冷的話題聊了很久。

「……看來把綁架說成是假的這條路行不通了。」

邦子突然小聲地講出這句話。

據她報告，房子裡的氣氛依然緊張，就好像包圍著菅原家的整個空氣層都在承受著外界的壓力。無論走到哪裡，都能感受到那種壓抑，連呼吸都覺得很辛苦，因為吸取不到足夠的氧氣。我雖然待在小房間裡，也能同樣感受到那份沉重。

便利商店裡燈火通明，整個籠罩在白色的光線中。

我一邊小心地躲開店內的攝影機，一邊沿著貨架挑選商品。哼！在這段與世隔絕的日子裡，Pocky的種類又增加了！我不停地把那些「Kit Kat」、「白色氣球布丁」、「千層派巧克力」、「明治竹筍巧克力餅乾」、「愉快動物餅」等塞進購物籃，當然也沒忘記買「不二家軟質鄉村餅」和「ELISE餅乾條」。

女店員將堆積如山的零食一一掃過條碼機，我看著她，心中暗想：這個人可能還不知道離這裡不遠的大宅發生了一樁滑稽的綁架案呢。

我平常很少一次買這麼多零食。如果我平時也這樣的話，就算我戴著帽子改變了裝扮，店員只要看到堆積如山的零食就會知道買東西的人是我了。

走出便利商店，我讓邦子拿著裝滿零食的塑膠袋，自己則舔著可以抽獎的冰棒，往回家的方向走。

「不如我們不回家了，就這麼一路旅行下去，直到真的有人來綁架我們，怎樣？」

我整個人轉過身，對著跟在身後五公尺遠的邦子說，然後就一直倒著走。

「別說傻話了……」

她手裡提著沉重的食物，用發自內心感到困擾的語調回答。

「那些買來的東西，妳要幫我拿好哦，那些餅乾和果汁可比邦子妳重要得多。」

「奈緒小姐，妳才應該眼睛看著前面走路，這樣太危險了。」

我故意裝作沒聽見，繼續舔著冰棒倒退走，我就是那種即使冬天再冷，也一定要吃冰淇淋的人。

「啊，中了。」

冰棒中間的棒子上寫著「贈送一支」的字樣，我舉起來給邦子看。

突然間，邦子睜大了眼睛，直直地瞪著我的右後方，嘴巴大大地張著，似乎正要喊出什麼。塑膠袋從她手中掉下來，剛剛刷過條碼的零食凌亂地散落在柏油路上。

我倒著走的時候，竟然不知不覺地走到了十字路口的正中央。

車燈強光從我身後的右方籠罩過來，就在那一瞬間，我視線內的一切都變成了白色，耳邊立刻傳來沉重而堅硬的物體碰撞時發出的巨大聲響，伴隨著一陣熱浪衝擊過來。

我呆立在那裡，手中還高舉著冰棒，一動也不動。神奇的是，我並沒有受傷。原來車子避開了我，猛烈地撞向十字路口旁邊的一道牆後，嚴重損毀，車子的前半部分撞得像揉成一團的紙，還冒著煙。

邦子迅速跑到我身邊，我不知道她要幹什麼，只見她抓住我還在高舉的右手，把它拉下來。

周圍的居民們被剛才的巨響吵醒了，原本一片漆黑的屋子裡亮起了燈光。在相隔極短的時間內，亮燈的窗戶一個接一個地增加。我猛然想起，很快就會有人過來，我會被人發現。

但是邦子抓著我的肩膀大喊：

「回房間去，快點！我會說是為了躲開我，那輛車才撞到牆上去的！」

她摘下我頭上那頂變裝用的黑色棒球帽，戴在自己頭上。那頂帽子對她來說太小了，根本戴不上。她又迅速拾起散落在地上的零食，裝進塑膠袋後交給我。

「這些零食妳一起帶回去。我要是拿著這麼多零食，人家會懷疑的……！」

她這種氣魄我還是第一次見到，整個人都嚇呆了，在大腦根本無法做出正常判斷的狀態下，我飛快地逃走了。我兩手提著塑膠袋，下意識地沿著來時的路線跑回家，等我清醒過來的時候，已經回到了邦子的小房間，雙腳伸進暖桌裡坐著。

那根冰棒的棒子似乎遺落在事故現場了，暖桌的桌上滿滿地堆著買回來的零食，可是我卻一點食慾也沒有。

我看了看錶，已經凌晨三點了。

4

結果，邦子回來的時候，外面的天空已經微微泛出亮光。我逃走以後，她看著救護車把受傷的司機運走，然後接受警方盤問事件的始末。警方已經知道菅原家發生綁架事件，也知道她就是事主家的傭人，所以迫不及待地盤問她為什麼這麼晚還跑出來。邦子告訴他們說，是為了給自己買點吃的，然後用她那特有的慢悠悠語調說明事故發生經過，最後請巡邏車把她送去受傷司機住的醫院。

「放心吧，那個司機受的傷不是很嚴重，只是有些輕微的腦震盪，已經從昏迷狀態中醒過來了。」

邦子坐在我對面，雙肘撐在暖桌的桌面上，把事情的經過說給我聽。

那個司機似乎是住在附近的一名中年男子，事故的原因就是因為我倒著走的時候，衝到了十字路口的正中央。剛回家的時候，一想到那個男人說不定已經死掉了，我就不寒而慄，那種背脊涼透的感覺完全不是因為有冷風從窗戶縫隙滲進來的關係。

「開車的那個人躺在醫院的病床上大發脾氣，把對小姐的怒氣全都發洩在我身上，真是嚇死人了！他氣得滿臉通紅，不停地大吼大叫，整個醫院都能聽到他罵人的聲音，惹得護士也跑過來叫他安靜些。」

我腦海裡浮現出她在醫院裡低頭道歉，把所有罪責都攬到自己身上的情形。

那個司機似乎認定邦子就是肇事者。

「邦子妳個子那麼高，我這麼矮，相差那麼多，那個司機居然沒發現肇事者掉了包。」

「這個嘛，大概是因為小姐妳當時一隻手舉得很高，看上去像高個子吧，應該是這樣子沒錯。」

她說的時候表情十分認真，我卻懷疑是否果真如此。

司機將她錯認為我是因為我們當時都披著短版斗篷，是因為服裝很像吧。

「要不是那個司機是巨人隊的球迷，我還不知道要被罵多久呢！」

看來，幸虧我戴的是巨人隊的帽子。

「算了，妳替我頂罪也無可厚非嘛。」

我話剛說完，她就生氣地嘟起嘴巴。

「怎麼可以這樣！」

其實我在心裡悄悄地嘀咕了一句：對不起嘛。

一月七日上午，菅原家主屋那邊開始談論車禍的責任問題。那個司機的怒氣似乎還沒平息，我擔心他可能會告上法庭。邦子拿的那支手機一直不通，我沒辦法直接聽到他們的談話，只能事後等她說給我聽。

身為僱主的爸爸和那些警察圍坐在邦子身邊，對綁架騷動過程中發生了這宗令人頭痛的事情交換了意見。有人說，這件事會刺激到綁匪的情緒，也有人說不會，不要想太多。最後的結論是讓邦子立刻請假，回家休養，直到菅原家同意才能回來。

「這意思是說，要把妳趕出去？」

午飯的時候，邦子告訴我這個消息。她剛剛幫我從茶水間端熱水回來，好讓我能吃杯麵。

「也不算是被趕出去……只是讓我立刻收拾行李，明天傍晚前離開這裡，回家好好休息休息。」

我感覺到全身的血液似乎一下子被吸乾了。

「笨蛋，那就是要趕妳走啦。」

「哎，才不是呢！」

在女兒遭人綁架的緊要關頭，一個傭人不小心引發了交通事故，要是成為人們議論的焦點，恐怕有些不妥。爸爸大概是這樣判斷的，如果這件事刺激了綁匪的情緒，說不定會關係到女兒的性命，不如儘可能平息風波，妥善處理。最好的辦法就是讓闖禍的傭人承擔責任，走得愈遠愈好。

而且大家都認為，邦子是家中最沒用的傭人，她在不在都無關緊要。雖然她自己對這些看法根本沒放在心上，可是身為傭人卻什麼都做不好，又是憑關係才能進來工作，那些早就對她心懷不滿的傭人肯定向上面打過她的小報告。

「妳明天就要離開這個房間嗎？」

邦子以滿臉為難的神色點了點頭。那我該去哪裡才好呢？

我把熱水倒進杯麵裡，然後一聲不吭地思考，十秒鐘後，我想到一個解決的辦法。

「我們要求贖金吧。」

正要返回主屋工作的邦子整個人都呆掉了，歪著頭問我：

「……啊？妳說什麼？」

「我們索取贖金。向家裡索取贖金，用來贖回被虛構綁匪綁走的菅原奈緒，然後妳拿著裝贖金的袋子，送過去給綁匪。」

「哦……咦？要我……送過去給綁匪？」

「而且妳會把這件事情處理得非常圓滿，然後妳就成了英雄。這樣一來，再也沒人敢抱怨妳的不是，妳也就不用離開這個家了。」

我不能看著她遭到解僱卻坐視不理。這不是因為她走了以後，我也無法待在這個小房間裡這麼簡單；換個角度來看，原因可能更簡單，一點也不複雜——我發自內心地強烈希望邦子能一直守護在我身邊。

「妳是說……就是說讓我在送錢的過程中大顯身手，然後就不用離開這裡了，對嗎？」

「妳倒是明白得很快嘛！」

她稍稍揚起下巴，視線無意識地集中在斜上方二十公分的地方，竟然一反常態地思索起來。滑稽的是她的嘴巴張開著，就像一條正在等待誘餌的鯉魚，大概她也拿不定主意吧。

「……嗯，我懂了，那就這麼做吧。」

邦子下定決心，並告訴我她一個小時後回來，然後就離開房間了。在她回來前，我又開始拼湊綁架信。

信上寫的內容是準備贖金，贖金要由傭人楠木邦子送過來，明天交換贖金和你的女兒。我打算今天就把這封信送到家中，今晚讓他們做準備，明天下午交錢放人。在時間安排方面可能有點緊，但是邦子明天就要被趕出家門了，而且我也想早一點結束這場無聊的鬧劇。

明天　下午　把女兒　還給你　但要把錢　準備好
準備　兩百萬　用過的　舊幣
錢　放在袋子裡　讓　楠木邦子　拿著
讓她　來和我們　交換人質
明天　時間一到　我們會　打電話過去
你們就待在家　等消息

我小心翼翼地將信紙塞進信封裡，同時注意不留下自己的指紋，然後邦子會趁大家不注意的時候，把信塞進正門的信箱。

不行，正門不行。正門一直處於錄影監控的狀態，不如安排由邦子來發現這封信，然後直接送去給爸爸。可是指名讓她做交易人的信，又經由她的手送進來，一定會遭到警方的懷疑。

我從雜誌中找出「菅原 先生」的字樣剪下來，盡量控制文字的大小，造成一種和犯罪無關的印象，認真地貼到信封上。

邦子回來時，我把信封遞給她說：

「妳去把這封信塞進隔壁家的門縫。」

她也十分小心地接過信，注意不在上頭留下指紋。

「塞進……隔壁家？」

「不是隔壁家也沒關係。直接放進家裡的信箱不方便嘛，所以妳先把這封信送到別人家，收到這封信的人看到信封上的名字，一定會送回我們家的。」

「可是，真的會像妳說的那樣嗎……」

「只要妳不挑那些沒人在的住家，就一定沒問題。還有，妳一定要挑那些心地善良的人。這件事進展是否順利，就靠邦子妳了。不要把信封直接塞進信箱，那樣可能很久都沒有人會發現，所以妳要把信放在一個容易發現的地方。」

邦子拿著信出去了。現在是白天，出去辦個事情再回來，應該不會有太大問題。

然後我就把整個身體蜷縮在暖桌和牆壁之間的狹窄空間內，擺出平時晚上睡覺時的姿勢，開始思考關於交付現金的計畫。我還聽了電話那頭的狀況，邦子和平時一樣，正準備去丟垃圾，這時電話忽然斷掉了。其實我也厭倦了用手機監聽房子裡面的動靜，決定回頭再聽邦子報告。

發生了這麼多事情，我覺得好累，仔細想想，我幾乎都沒什麼睡。

一閉上眼睛，就想起昨晚那輛前半部分嚴重撞損的車子。

和菅原家隔著三戶人家的太太將那封送錯的信轉送過來時，已經是下午四點左右了。那時她剛要去買東西，發現了夾在門縫中的信，看見沒貼郵票時覺得有些奇怪，再看到上面寫著「菅原 先生」的字樣後，就送過來家裡了。

聽說警方詳細地向她詢問了當時的狀況，看來這次的事件一定會在鄰居間傳開。警方倒是叮囑過她不要對任何人講，不過我覺得那一點用都沒有。

聽邦子說，綁匪終於提出贖金方面的要求，全家人卻沉默不語，似乎在期待什麼人能站出來說點什麼，但又好像想迅速制止什麼人站出來講話的樣子，氣氛非常怪異。雖然現在還是一月，但是連一點剛過完新年的氣氛也沒有，家中的每個人之間只有冷漠無言的眼神和焦慮。

聽說為了準備綁匪要求的贖金，繪里姑姑在警方的陪同下去了銀行一趟。我還以為這兩百萬不用去銀行，只要在家裡面隨便找找就能湊齊，看來我錯了。我要求這個金額，本來是想讓警方放鬆警惕，好讓他們認為「綁匪可能是個小孩吧」。

我們要求的贖金傍晚七點就已經準備好了，錢就裝在袋子裡，放在警方駐紮的那個一樓十二張榻榻米的大和室，保管到交錢換人質的時候。

爸爸他們和警方一直在思索綁匪為什麼指名要邦子去送錢，最後歸結為可能是綁匪聽說了昨晚那場事故，看中肇事者邦子的性格。說不定犯人已敏感地察覺到邦子在某些方面的能力比正常人差很多，選這樣一個不夠機靈的人來送錢，風險較低。

警方也想過找一位女警假扮成邦子的模樣去送錢，最後一致認為還是按照綁匪的指示比較好。聽到這個決定，我也鬆了一口氣，否則我的計畫就毫無意義了。

我小睡了幾個小時後，深夜十二點開始準備交付贖款時要用的小道具——所謂的小道具，其實不過是將剪出來的字拼成兩封信。從雜誌和小說上尋找合適的字眼剪下來，再貼到紙上去的事，我已經駕輕就熟了。將半徑三十公里範圍內的人聚集起來比賽的話，我一定是第一個完成這種綁架信的人，不過這也不是什麼值得驕傲的技能，就算日後有了孫子，我也不會告訴他們。

我一邊剪貼拼寫信件，一邊和邦子商量明天中午交付贖款時可能會遇到的狀況。她又和平常一樣花了很多時間，不停地嘟囔著，想把我說過的話記住。

邦子夜裡還回了主屋那邊幾次，和大塚太太一起為那些警察準備宵夜。我站在窗邊確認了一下，那間已成為警察總部的和室燈還亮著。那個房間裡放著裝有贖金的袋子，這大概讓他們工作緊張到極點吧。

不僅是這些進駐家中的警察，恐怕總部那邊的數十名警察也在認真地調查這椿惡作劇案件吧。這個時候綁匪指示說，明天將收取贖金，交換人質。事已至此，那些曾經追查我行蹤的警察，還有那些前去調查誰對菅原家心懷不滿、對菅原家的財產心懷不軌的警察們，今晚的心情一定也十分複雜。

天還沒亮，我就從家裡溜了出來，謹慎地確認過周圍沒有警察後，迅速地穿過寒風刺骨的夜色。我隱隱感到不安，總感覺似乎有人就在我的背後窮追不捨，還感到一絲恐懼，彷彿馬上就會被人發現並捉住。穿過後門後，我一直跑，直到喘不過氣才停下來，黑暗的柏油路上只有我一個人的腳步聲，我終於停下腳步，雙手撐住膝蓋劇烈地喘氣，然後回頭一看，圍住菅原家的高牆已經從我的視線中消失了。

我回想起離開那個藏身已久的三張榻榻米大的小房間時的情形。

「好，我該走了。」

我對邦子講完後便離開了房間，就像我平時出去散步那樣輕鬆。她坐在地上，整個身體趴在暖桌上，我想她可能睡了。

「那我等妳再回來住……」

她的臉埋在桌上說出這麼一句話。我心想，邦子竟然也能說出這麼精采的話。

5

一月八日。

早上六點，我走了約一個小時後，來到十代橋車站前的一家便利商店，買了一個麵包當早餐。天空依舊黑茫茫的一片，街燈還亮著，偶爾有幾個要搭火車的人在月台上走著。氣溫也還未上升，他們都縮著肩膀，似乎想要避開那份寒冷。

我坐在長椅上打開麵包袋，有點擔心會被人發現，雖說時間還早，這種可能性很低，但說不定會有熟人碰巧經過，所以我又走到一個無人的角落裡。出門的時候，我帶了一頂帽子打算變裝用，不過考慮到那頂巨人隊的帽子可能更引人注意，所以沒戴上。

我和邦子約好六個小時後的正午十二點交付贖金。一想到這件事，我便立刻失去食慾。我胡亂地想，要是食慾不振能幫助減肥的話，倒也不錯，可是不知不覺間，我卻吃了三個麵包。

冰冷的空氣從厚外套的袖口和領口鑽進來，帶走了我的體溫。我盡量蜷縮起來，減少身體的表面積，防止體溫流失。

然後，我從口袋裡拉出電話耳機，專心傾聽從耳機中傳出的聲音，雖然邦子的電話經常斷訊，還是能夠把家裡的緊張氣氛傳遞過來。房子裡面的人已經開始行動了，從剛才起我就一直聽到大家無言地在走廊上穿梭的聲響。平常這個時候，邦子總是一邊聽著大塚太太的責備，一邊做事，不過今天似乎不用工作。

距離交付贖金還有一段時間，不過警方並不知情。他們考慮到綁匪說不定隨時會打電話過來，所以就讓邦子待在警察們聚集的十二張榻榻米大的和室裡等著。不時聽見周圍有人和她打招呼，每次她回答的聲音都好像缺乏信心。我開始想像，那個寬敞的房間裡放著裝滿贖金的袋子，邦子好像陪襯一樣坐在旁邊，周圍有一群表情嚴肅的警察走來走去，她面無血色，一副不知所措的神情。只要呆坐著，不用做份內的工作，一定讓她覺得十分對不起大家吧。

警方似乎悄悄地在她身上安裝了竊聽器，那個竊聽器和小型電池就縫在她的衣服裡，其中一個警察還向邦子解釋：

「昨天送來的信上說，今天下午要交付贖金，詳細情況我們還不清楚，不過綁匪會想辦法和妳取得聯繫，給妳指示。我們只能遠遠地跟著妳，暗中進行監視。如果綁匪聯絡妳的話，妳要在這個竊聽器的有效範圍內將綁匪指示的內容說給我們聽，這樣我們就不會跟不上妳，甚至還可以搶先一步行動。」

負責解說的警察聲音非常嚴肅，我甚至可以透過耳機聽到汗水沿著他額頭滑落的聲音。他的聲音很年輕，說不定就是那個站在和室窗口向外查看的那名警察。

「請問……那個裝錢的袋子裡有沒有裝發信器呢？」

邦子吞吞吐吐地問道。

「裝了，裡面縫了一個小型發信器。」

「是不是還裝了那種一打開袋子，就會噴綁匪一身顏色液體的機關……？」

年輕的警察笑了一下，邦子那慢悠悠有些遲鈍的聲音，多少緩和了緊張的氣氛。

「這次沒用那種機關，怕會激怒綁匪，要是激怒了綁匪，奈緒小姐就會有生命危險。重要的不是捉住綁匪，而是要平安救出奈緒小姐。袋子裡的錢都是真的，而且是用過的舊鈔，一切都是按照綁匪的指示來準備。事實上，要不要在袋子裡裝發信器和在妳身上裝竊聽器，警方內部有很大的意見分歧呢。」

九點了。

我走向車站角落的自動販賣機，那裡人不多，那台自動販賣機可能還沒什麼人用過。我把信封塞到自動販賣機後面，裡面裝著我昨晚拼好的信。為了防止那封信被風吹走，我將信封用膠帶貼在自動販賣機後面的牆上，那膠帶是我在便利商店買的。

迅速做完這一切後，我看了看四周，應該沒人發現。我順著樓梯向下走了幾步，然後回頭看了看那個藏信封的位置。那封信可不能被毫無關聯的人拿走。不過應該沒問題，那個位置一點也不會引起別人的注意。如果不是知道那裡藏有一封信而刻意去自動販賣機後面找的話，根本不會被人發現。

接著我趁四下無人，迅速離開那裡。

按照約定，我應該在今天中午打電話回家，通知開始交付贖金。我還必須假裝我是被綁匪脅迫，說出綁匪要我講的話。

到十代橋車站去，可以開車去，然後在十代橋車站內找出可口可樂的自動販賣機。進入車站後，只允許邦子一個人去找，綁匪會在遠處監視著。如果不遵守約定，有其他人出現的話，我就會沒命……

我一說完這些就要掛斷電話，當然，用的是公共電話。

藏在自動販賣機後面的信上寫著：

坐上　電車　到　鷹師站去

然後到車站前的　郵筒後面　尋找指示

從十代橋車站乘電車，三十分鐘後就會到達鷹師站。我現在就要趕去那裡，把第二封信藏到郵筒後面。

之後，我透過手機仔細聆聽另一邊的動靜，看看錶，不知不覺已經十點了。十代橋車站周圍有幾家百貨公司，其中一家已經拉開鐵門開始營業。我走進去，動作迅速地選了件普通的男裝外套和帽簷很寬的帽子，還買了一些搬家時用來捆箱子的塑膠繩和剪繩子用的剪刀，然後提著大紙袋坐上電車。

電車裡幾乎沒有人，我找了一個寬敞的座位坐下來。電車像打冷顫似的震動後，開始緩緩啟動，窗外的風景逐漸加速。車裡的暖氣雖然很足夠，我卻感覺幸福離我很遠。

我再次集中精神，留心電話另一端家裡的狀況，傭人、爸爸還有繪里姑姑正在和邦子談話。

「奈緒的事情就拜託妳了。」

爸爸聲音顫抖，我可以想像得到他臉上那憔悴的神情，覺得有些心痛。於是我開始想，事情為什麼會發展到這個地步呢？
「你很擔心奈緒小姐，對吧？」
邦子問爸爸。
「那當然了。」
「哦……你們之間沒有血緣關係，但你還是很擔心她，對嗎？」
爸爸突然沉默了一下，我雖然看不到他的表情，卻能感受到他有些畏縮。
我想邦子一定是故意問這些問題，好讓我聽見。我突然覺得有些莫名的情緒，於是把手伸向塞進耳朵的耳機想把它摘下來，可是我又想親耳聽到爸爸的回答，所以最終還是沒摘去耳機。
「這和血緣、沒關係……」爸爸無力地回答，聲音裡透出一絲軟弱，好像一個膽怯的少年在抽泣。「我曾經愛過那孩子的媽媽，但這已經不重要了，我只希望自己就是那孩子的爸爸。參觀學校的時候，我這個做爸爸的去看過；我失落的時候，她在我背後推了我一把。今後我要是能參加她的畢業典禮，和她一起分享順利通過考試的喜悅，那該多好啊。快要舉行成人式了，她即將長大成人，我要是能看著她穿上漂亮的衣服、化漂亮的妝，然後和姿勢端正的她一起拍成人禮的照片，那該有多好。奈緒說不定會去公司上班，第一次上班的時候說不定會穿套裝。然後就是找到一個可靠的丈夫，那時我一定長出很多白髮，成了一個風燭殘年的老人。她還會時常抱著孩子回家，說不定我看到孫子的臉，由於太開心，就嚥氣歸西了。我把她養大，並不是出於什麼義務，只是出於那種常見的、一般人都會有的感情。」

說完，爸爸便轉身離去。

我看看窗外，電車已駛進鷹師站了。

天氣不錯，十分晴朗。

走出閘口，發現車站雖小，周圍卻有很多家快餐店。設計成圓形的漂亮花壇旁邊，可以看到許多帶小孩出來享受散步時光的父母。車站前醒目的地方有一座鐘塔，時鐘剛好敲響了十一下，播放出令人愉悅的旋律，接著裡面的機關開始動起來，錶面有個數字的部分打開，一個小丑模樣的人偶從裡面走出來，開始翻觔斗。幾個孩子看得很開心，緊緊握著父母的手。氣溫雖然還不高，陽光卻很強，我感覺到周圍的一切都有些耀眼。

然後，我跑到郵筒的後面貼好第二封信。

到　鷹師綠地公園的　長椅　那裡

紙上只有這樣一行用剪字拼成的句子。

邦子看完信後，朝著離車站只有十五分鐘路程的鷹師綠地公園走過去。當然，就算不看信，她也能找到我們商量好的地點，但考慮到警方可能還在跟蹤，她必須裝模作樣地把信拿出來看看，然後按照指示，對著竊聽器把信的內容讀出來。

公園成為交付贖金的重要舞台，換句話說，邦子離開菅原家後必須到十代橋車站，在那裡按照信中的指示坐電車趕到鷹師站，然後在車站前的郵筒後面取信，再趕去交易地點。這是從警方的角度所看到的全部過程。從家裡出發，趕到最終的交易地點公園，應該不用一個小時。我也想過給邦子多幾個指示，好讓她帶著警方多兜幾個圈，可是無論從時間上還是從精力上來說，我都沒那個時間和力氣多做準備。

來自時鐘的旋律終於停下，為孩子們帶來快樂的小丑又躲回了文字盤的後面。

我提著百貨公司的紙袋，沿著車站前的街道朝公園方向走去。電話另一端傳來警方給邦子下的各種指示，不，不如說是提醒好些，總之就是囉唆地告誡她行動不能失敗，還有不要刺激綁匪之類的話。

「妳聽好，這袋子裡裝著錢，這筆錢很重要，絕對不能鬆手。」

「請問，我可以把這個袋子拿在手裡嗎……？因為我總覺得，綁匪打電話來的時候，自己一定會忘了這個袋子，飛奔出去……」

那邊傳來警察無奈的苦笑聲。

「沒問題。妳現在拿好袋子，就在這個房間裡等著，不要隨便走開。」

透過電話傳來的聲音，我可以想像到邦子抱著那個裝滿贖金的袋子，坐在一樓的和室裡待命的情形。那個房間裡好像只有一名警察，透過無線電與總部聯繫。其他人都轉移到客廳那邊，等待綁匪用客廳的電話通知下一步行動。

從車站走到公園入口，剛好十五分鐘。

公園面積寬廣，繞上一圈的話，差不多需要一個小時。公園裡有夜間也能進行棒球比賽的運動場、生長著草坪的山丘、某個藝術家設計的噴水池和雕像，還有讓孩子們掛著鼻涕愉快玩耍的遊樂設施。

以及，無數張長椅。

我一邊閒逛，一邊曬太陽，這些日子一直待在那個小房間裡，好久都沒有像現在這樣光明正大地在太陽下散步了。我一會兒往水池裡丟石子，一會兒「哇！」一聲大叫，衝向地面上成群的鴿子把牠們嚇跑，一會兒看看那個牽著狗出來散步的少年，一會兒聽聽媽媽叫喚孩子的聲音。

忽然，耳機裡傳來京子的聲音，我停住腳步，順勢坐到旁邊的鞦韆上。已經有好多年沒像現在這樣，享受那種讓整個身體滑翔起來的飄浮感覺了。

「咦？沒人在妳身邊嗎？」

我聽到京子靠近的腳步聲。

那個用無線電與總部聯繫的警察不知何時離開了房間，現在和室裡只有邦子一個人。她一定滿臉緊張地坐在那個寬敞的房間裡。

「妳在練習抱緊袋子走路的姿勢嗎？」

「啊，不，不好意思，我不是在練習，一動不動地坐著讓我有些不安……」

我心想，這兩個人可是個奇怪的組合呢。兩個人是不是並肩站著呢？一個是個頭比別人高出許多，衣著簡樸的傭人；一個是個子不高，卻穿著名貴衣服的菅原家太太，那畫面一定非常奇特。

「馬上就要開始行動了……」京子的聲音有點緊張，「……拜託妳了，千萬不要失敗。」

「太太，妳也在擔心奈緒小姐嗎？」

「……嗯，對。」

「我還一直以為妳們兩位的關係不太好呢，因為，那個，妳們經常吵架……」

「那倒也是……」京子稍稍猶豫了片刻，接著繼續開口，那聲音顯得十分不安，像個孩子似的。「可能是她討厭我吧……一定是這樣的，我也因為不肯認輸，就一直和她對抗，表現出討厭她的樣子。不過，我想一定是我做得不對。」

我從來沒替她考慮過，京子說。我和她不同，她失去了母親，而我的人生路上一直有父母陪伴。就算在學校有人教訓我，就算這個社會無視於我的存在，我還有一個可以回去的家。知道她被綁架後，我一直在思考這些事情。

人是會要求回報的。你若想從我這裡得到什麼東西，那就得先為我做件事；你想要這個戒指的話，就要用項鍊來交換；想要保住性命的話，就要用機密情報來交換；想要回女兒的話，就用三千萬來交換。戀愛也是這個道理，我們常常期望所有的付出都有回報。

不過，我覺得這個世界還有一點可以相信，就是還有許多人是不求回報的，他們甚至不惜賠上自己的性命。我在美國留學的時候，發生了一件小小的車禍，我的父母聽到這個消息後，拋下身邊的一切，慌著手腳，什麼都沒有準備地從日本跑過去看我。事情就是這樣，就算全世界的人都討厭我，只要是和我有關聯的人，還是會毫不計較地喜歡我。當然，並不是所有的人都能這麼幸福，不過換做我是奈緒的話，我一定也會那樣做的。

本來這些是大家都應該擁有的東西，可是她在八歲的時候就失去了這一切。幸好她不用離開這個家，可是沒有血緣關係的爸爸的愛，在她眼中就像借來的東西一樣吧。然後，我突然出現，一定就像是來奪走她一切的敵人。她被綁架之後，我才考慮到這些，然後自己也不知道該怎麼辦才好。

邦子安靜地聽著京子說話。

「對不起，我說了很多奇怪的事……」

「啊，不，對不起……我剛才實在太失禮了。」

邦子的聲音惶恐到了極點，肯定早就低下頭認錯無數次了。

「……加油吧。」

邦子略微緊張地回答說：「是……」然後嘴裡面咕噥幾句，似乎想要說些什麼。她的樣子引起了京子的疑慮，便催問她有什麼事。

「那個……我現在想去一趟洗手間……」

京子苦笑了一下，說了句快去快回，然後就聽到邦子跑去洗手間的聲音。

「啊，邦子……」

似乎有人在背後叫她，不過邦子好像沒聽見，離開了和室，看來她還沒忘記身上帶著電話這回事，我正這樣想著，電話就失去了訊號。邦子的行徑表明她一直把我的事放在心上，所以才會問京子那些話。

我坐在長椅上，呆呆地回想著京子剛才講過的話，不過，想她這個人倒多過於想她所說的話。以前我從沒有意識到，她也有自己的想法、她的心裡面也會有這麼多的感受，我竟然一直把她放在自己心裡設想好的鐵籠中，像對待動物園的動物一樣對她。我從來不曾和她好好談過，我想我回家後，應該要向她道歉。

我一邊望著公園的風景，一邊頻繁地看著手錶，這時，口袋裡的手機震動了起來，應該是邦子趁四下無人，重新接通了電話。可是我已經無心監聽家裡的動靜，獨自走在堆滿落葉的樹林中間，葉子在腳下發出的聲音和耳邊傳來的那些雜音交織在一起。

過沒多久，手錶的長針和短針重疊在數字「12」上面。

我走進公共電話亭，把耳機摘下來，撥通了家裡的電話。

6

耳邊先是傳來鈴聲。我閉上雙眼開始想像。

自己被關在一個沒有窗戶的房間裡，整個房間只有一扇門，還上了鎖。房間的正中央擺著破舊的桌椅，我就被綁在那裡，桌上放著一具電話，我身邊站著一個男人，他身上穿著大衣，他就是綁架我的那個人。他命令我拿起電話聽筒，打電話回家，還在我眼前攤開一張紙，上面已經寫好一段話。字寫得十分凌亂，我必須用電話把這段話講出來。鈴聲還在繼續，如果是綁匪打電話來，接電話的那個人一定是爸爸。在客廳裡，那具安裝了電話追蹤器的電話旁邊，警方一定正在教爸爸怎樣應對。他們一定會教他拖延通話時間，以便成功探測打電話的人的所在位置。

鈴聲斷掉，傳來電話聽筒被接聽的聲音。

「……喂。」

那是爸爸緊張的聲音，還微微有些顫抖。

那聲音穿透我的耳膜，傳遍我的全身。隔了一秒鐘後，我開始說話。

「……爸爸。」

「奈緒！」爸爸的聲音充滿強烈的感情，那聲音穿過聽筒傳遞過來。「妳沒事吧?!現在在哪裡？他們沒把妳怎樣吧？」

「嗯。」我剛想開口說沒事，聲音卻哽咽住，然後我告訴自己，絕對不能拖延時間，警方會追到這裡來。「……爸爸，對不起，我什麼都不能說，他們不讓我說……」

無需演技，我也沒辦法冷靜下來。

「不讓妳說？誰不讓妳說?!妳那邊還有其他人在嗎?!」

我閉上眼睛，想像著我虛構出來的綁匪堅決不准我回答爸爸的問題。他讓我丟開爸爸的問題，開始讀那段話。我的生死完全掌握在他手中，絕對不可以違抗。

「……你讓傭人楠木邦子去十代橋車站。」我用不含任何感情的聲調把那些字句說出來，電話那頭的爸爸屏住了呼吸。「在車站內找一台出售可口可樂的自動販賣機，販賣機後面的牆壁上貼著一封信，照著信上說的去做。去車站的時候，可以開車，但是只准楠木邦子一個人進入車站。如果後面有警方或是什麼人跟著的話……你女兒就沒命了。」

說完後，我迅速掛斷電話。

然後我把剛才摘下來的耳機塞回去。整個動作一氣呵成，我聽到有人叫邦子的名字。

「楠木，綁匪要求的地點是十代橋車站！」

應該是警察的一個男性說。

「欸……啊，知道了，我立刻就去。」

「綁匪說，可以開車送妳去車站。楠木，妳沒有駕照，對吧？還是讓大塚送妳去。本來最好是讓警方送妳去，但我擔心綁匪可能正監視著我們。」

邦子把裝滿贖金的袋子抱在胸前，在大家的簇擁下走出門外，然後快步走向正門旁邊的車庫。當時大家的視線一定都集中在邦子一人身上吧。

菅原家的司機大塚先生說了一聲：「車子已經準備好了。」邦子坐進去後，電話那頭輕輕傳來爸爸和繪里姑姑的聲音，說著：「我女兒的事就拜託妳了」、「千萬不要失敗」，接著是汽車發動的聲音。

我看看手錶，現在是十二點五分。

環視四周一遍後，我將視線由公園轉向車站。

沿著公園的腹地，有條種了一排樹木的人行步道，還有勉強能讓兩輛車子並行的道路。兩條路的外側建了一排矮樓房，樓房之間幾乎沒有任何空隙，宛如一道巨大的牆壁。聖誕節前，我曾和朋友一起來過這裡，就在同一天，我住進了邦子的房間。

找到了我的目標，就是那棟三層的老舊房子。我和朋友曾經偷偷地溜進去看過，那棟建築物的後面朝著公園，可以看到有個像是另外增建的小木門；建築物的正面應該是連接到車站前的大街，路邊有許多賣食物和CD的小店，白天的時候，有很多行人往來。

這棟內部毫無任何東西、即將被拆毀的樓房，在我的計畫中占有非常重要的位置，因為我計畫讓大家在那棟房子裡發現菅原奈緒。

我離開公園，朝那棟建築物快步走過去，手中的紙袋裝著在百貨公司購買的外套等東西，感覺有點重。當我快步直接穿過人行道，走到那排樓房旁邊的時候，可以感覺到太陽光被遮住，讓周圍變得有點暗，而寒氣則更重了。就算已經是正午，這個季節裡日照的角度還是太偏。這附近可能有餐廳，從排氣口傳來幾種食物混合在一起的味道，聞起來有種特殊的臭味。

那棟樓的後門又髒又破，除了手留下的汙漬，還生了鏽。再經過雨水的浸染，那道門原來的顏色已分辨不出來了。我不禁想起上次從正門潛入，穿過後門來到公園，站在杳無人跡的寒冷巷道上聆聽聖誕歌曲時的情景。

我伸手去拉門把想打開後門，但竟然打不開。這棟建築物雖然破舊，還是有屋主的，可能這兩個多星期管理員來過，把開著的門鎖上了。

突然不知道該怎麼辦。我考慮著要不要轉從正門進去，可是那邊說不定也上了鎖。當然，也可能還沒上鎖。

我打量了一下周圍的情形，看見後門左上方頭頂的位置有一扇窗，窗戶上的磨砂玻璃已經出現裂縫，有人用膠帶把它黏好了。窗戶雖小，但是以我的身形來講，還能鑽進去，可是那窗戶很高，我踮起腳來，手指尖才勉強碰到了窗的下緣。

隔壁建築物後面堆著啤酒瓶的箱子，我把箱子拖過來，打算墊在腳下爬上去。

這時，突然有幾個男生走過，大概是高中生吧，他們穿著時髦的衣服。我停止動作，假裝什麼事情都沒有的樣子等著他們通過，我可不希望我的怪異行動引起任何人的注意。

那群高中男生在經過我旁邊的時候，像是品頭論足一樣地瞧了我幾眼，我緊張得停止呼吸。之前我才聽朋友說過這附近的治安不太好，搶劫事件很多。其實他們只是剛好經過而已，但是不知道為什麼，我就是忍不住想起朋友告訴我的這件事情。

等他們遠離，確定他們都看不見之後，我開始搬箱子。但是一個箱子還不夠高，我一邊詛咒自己的個子小，一邊又搬了另一個箱子放在上面。

電話裡傳來邦子和大塚講話的聲音，大塚不停地和邦子說話，希望可以緩和她的緊張情緒。我彷彿看到邦子緊抱著那個裝滿贖金的袋子，縮著脖子在座位上不停點頭回應。他們應該很快就會到達十代橋車站，我看了一眼手錶，已經十二點十七分了，再過五十分鐘，邦子就會來到這裡。

塞進耳朵的耳機有些礙事，我把它拿下來放進口袋，單腳踩上用來墊腳的啤酒箱試了一下。還算結實，應該不會倒下來，然後我就整個人站了上去。

站上去以後，眼前的景色開闊許多，那個窗戶也離我近多了。我把手指搭在窗框上，上面黏著一些油汙似的黑色東西，還有一層灰塵和泥土。我拚命想打開那扇窗，可是鎖住了，打不開。

回頭確認過周圍沒有其他人後，我先從啤酒箱上下來，再從箱子裡拿出一支啤酒瓶，重新爬到上面，用啤酒瓶把玻璃窗敲碎。剎那間塵土飛揚，玻璃破碎時發出的聲音居然不怎麼大聲，那條原本黏住玻璃裂縫的透明膠帶，連同一大塊碎片往房子裡面掉下去。我繼續用手中的那支啤酒瓶將殘留在窗框上的碎片清除乾淨。

我先把紙袋從窗口丟進去，然後用胳膊勾住窗框，從那個搖搖晃晃的啤酒箱上跳起，先讓上半身鑽進窗內，然後把整個腹部壓在窗框上，雙腳拚命亂蹬，上衣弄髒了也沒空理會。

腰部快要穿過窗戶的時候，有件東西承受不住我的體重，傳出破裂的聲響。我首先想到牆壁是不是出現了裂縫。我該不會因為缺乏運動而胖到這種地步了吧？不，絕對不會，我堅信不是這樣。

兩隻腳穿過窗戶後，我整個人倒立著掉進房子裡。裡面的空氣似乎很久沒有流動過，非常潮濕。這裡幾乎沒有任何光線，剛才那扇窗是唯一的光源，而且竟然比外面還要冷很多，我覺得我的體溫急速下降。這間是個四邊各五公尺左右的正方形房間，一件家具也沒有，只有一些發霉的木材丟在角落裡，牆上殘留著貼過海報的痕跡和一些塗鴉。

我從剛才鑽進來的窗戶望向公園，從光禿禿的樹枝縫隙間能看到長椅。邦子應該很快就會帶著贖金趕到那裡。

公園很大，貼在鷹師站前郵筒後面的第二封信上，只寫著到公園的長椅上去，並沒有指定是哪張長椅。就算警方透過邦子身上的竊聽器了解信上的內容，事先趕過來做準備，也不知道應該監視哪張長椅。而邦子就故做不在意地走向離這棟樓最近的那張長椅。為了這一步的安排，我早就畫好圖，跟她解說過很多次，事先就商量好了。她也反反覆覆地唸過很多遍，拚命地記下來。

我在屋子裡走了一圈，檢查一下後門，發現門鎖可以從裡頭打開。門有點不太順滑，不過開關倒還不成問題。然後我又跑到正門那邊看了看，那邊也上了鎖。以前我和朋友能進到這棟樓裡來，是正門恰巧沒上鎖。正門的鎖能從裡面打開，雖然也很髒，可是和後門比起來大得多，也氣派多了。我打開正門，走到正門大街上看了一下，外面一片光明，讓人覺得樓房裡面晦暗的靜寂恍如一場夢。外面往來的行人很多，卻沒人注意到菅原奈緒被綁匪帶進這樣一棟略顯破舊的樓房裡面。

回到房子裡，我沿著階梯爬上二樓，掌握一下房子的大致格局。

二樓，房子正面的房間裡有一扇窗，我就站在那裡俯瞰大街。這是由站前通往公園的那條大街，再過一會兒，邦子就會從這裡穿過。她從來沒到過這裡，所以商量計畫的時候，我不得不畫地圖為她解說路線。

然後我又走進和大街方向相反的那個房間，站在那間房的窗邊剛好能看見公園，我再次確認了離此處最近的那張長椅的位置。

走回一樓，我披上在百貨公司買來的男裝外套，帽子還沒戴上，隨意放在一邊，然後把百貨公司的紙袋和收據等統統塞進附近快餐店的垃圾箱裡。

後門和正門的入口之間由一條走廊直接連著，我選了離正門入口最近的房間當作營救菅原奈緒的舞台。

我的計畫是這樣的。

邦子胸前抱著裝有贖金的袋子來到公園的長椅旁邊，我在這棟樓裡監視著一切，那時說不定警方就跟在邦子身後，躲在公園的某個地方監視她周圍的狀況。考慮到上述情況不會有太大變動，我就趁著他們還沒有布置完畢的時候迅速採取行動。

我穿好男裝外套、戴好帽子，也就是偽裝成綁匪的模樣，慢慢地向邦子身邊靠近，然後搶奪那個裝有贖金的袋子，得手後一溜煙跑進這棟樓房。

邦子假裝被綁匪奪走袋子後，心有不甘地在我身後追趕，我們兩個人一前一後地衝進樓內。

警方看到這種情況之後，一定會跟在後頭追來，但是我跟邦子可不能讓他們追上。

衝進這棟樓房後，我迅速奔進離正門出口最近的那個房間，邦子也在我身後跟進來。我脫下衣服、摘下帽子，解除喬裝後，當場撲倒在地，在公園內從邦子手中搶來的袋子也滾落在一邊。邦子迅速把我的手腳綁住，在我的嘴上貼好透明膠帶，脫下來的外套等東西由她負責處理。

然後就等著隨後趕到的警方發現這一幕了，而房間裡只有邦子和手腳被綁、躺在地上的我，然後我就可以向發現這一切的警方作證說：

「綁匪丟下那個裝著贖金的袋子，從那扇窗戶往大街那邊跑過去了！楠木和綁匪搏鬥了一會兒，把他嚇跑了！」

一切進展順利的話，邦子就成為從綁匪手中解救出人質和交付贖金的英雄，令人刮目相看……

為了把我偽裝成被人綁起來的樣子，我事先剪好了塑膠繩和透明膠帶。要假造搏鬥現場，必須毀壞一些周圍的東西。而為了偽造綁匪逃跑的情形，得將正面的窗戶先打開。

還不能讓路上的行人在作證時說沒有人從窗戶跑出來。幸虧我選的那個房間窗戶剛好被隔壁商店的大招牌遮住，街上很難有人看見，這樣一來，口供的準確度便大打折扣。

剩下來的問題就是如何處理外套和帽子，我擬定計畫的時候沒考慮到這一點。

我所在的房間位於這棟樓的角落，這裡有一個綁匪逃走時利用的窗戶，另外樓房側面還有一個窗戶，只是這邊和隔壁的樓房之間只有一條狹窄的縫隙，所以這扇窗戶幾乎沒什麼作用。不過，把外套和帽子丟在這裡倒是滿合適的。但是在我獲救後，警方肯定也會搜查那裡，到時說不定有人會發現那件丟棄的外套和綁匪穿過的那件有些相似，這點讓我有些擔心。

我確認了一下時間，十二點四十分。再過不到三十分鐘左右，邦子應該就會過來，現在她應該在電車裡看第一封信吧。

我忽然意識到自己的愚蠢，我一直沒打電話過去確認她現在的狀況，於是趕緊從褲子口袋裡掏出耳機，塞進耳朵。

奇怪，什麼也都聽不到，和邦子聯絡的訊號好像中斷了，怎麼偏偏在這種緊急的時候！我拿出手機一看，才知道自己錯怪她了。

小小的液晶螢幕上沒有任何顯示，還裂了一條縫，塑膠外殼也碎了，無論按哪個鍵都沒有反應。

我這才明白，剛才爬窗戶時聽到的碎裂聲原來就是它。

因為對邦子現在的狀況一無所知而帶來的不安，簡直是難以形容，就好像自己的部分感覺器官不見了一樣。

不過還好，我大概能夠掌握即將發生的事情的大致過程，所以應該沒問題，我這麼鼓勵自己。電車很快就會抵達鷹師站，邦子會找到第二封信，然後趕來公園這邊，只是我一定不能錯過她來到長椅旁邊的時刻。

在那之前，我一定要儘可能做好所有該做的準備。

為了布置好搏鬥的現場，我打算把房間裡弄得一團糟，可是四處看了一遍之後，覺得這項工作有些難度。因為這裡根本沒有家具，只有一點木材堆放在角落裡。我必須用這僅有的一點材料，將這裡偽裝成經過一場激烈搏鬥的現場。我將地面上的土弄亂，再把角落裡的木材胡亂地丟進房內。

不行，看起來不像發生過搏鬥的樣子。要是有個櫥櫃之類的就好了，可以把一切都摔得粉碎。那麼，至少要把自己扮成在地上滾過的樣子，身上到處都沾滿泥土。我抓起一把乾燥發白的沙土，抹在手臂上、胸前，還有腿上，乾燥的沙土把我的手指凍得發涼，現在看上去至少有點讓人虐待過的樣子了。

外面衣著光鮮的人們正愉快地走著，我卻待在這毫無生氣的樓房裡面，把自己全身弄得髒兮兮的，讓我覺得很討厭自己現在的行為。愈做就愈討厭自己，但還是不得不做下去，臨時計畫中的破綻，我必須實實在在地一個接一個將它們修補完好。

我希望能有更多的時間。如果時間充裕的話，所有的準備活動都可以完成。其實我本該事前到這裡進行實地勘查，不該僅僅靠上次和朋友來時看到的那些模糊記憶來擬定計畫。我一邊用泥土把頭髮弄髒，一邊感到內心的不安情緒正不斷膨脹。

我將塑膠繩剪成幾段適當的長度，剩下來的繩子和那把剪刀就隨便丟在地上，準備貼在嘴上的透明膠帶也做了相同的處理，可是有黏性的那一面已經沾上了灰塵。要不要到時再剪呢？起初我根本沒想到這些小事會如此折磨人，我已經開始有些焦慮了。

還有，我鑽進這棟樓時弄碎的窗戶玻璃該怎麼處理呢？就放在那裡不收拾可以嗎？警方會不會注意到那扇窗戶呢？他們會不會認為綁匪沒用鑰匙，直接闖入這棟樓房，就是利用了那扇小窗戶呢？如果警方朝這個方向追查，會不會推測出綁匪是個剛好能通過那扇小窗戶的孩子呢？

事到如今已來不及了，我已經沒有時間去考慮這些問題。

再看看準備好的塑膠繩，我又發現自己的疏忽，如果我的手腳一直被人綁住的話，我身上一定要有被綁過的痕跡。我應該是拚命掙扎著想從綁匪的手中逃脫才對，如果手上和腳上沒留下綁過的痕跡，別人會以為我根本沒想過要逃走。

想到這裡，我一下子停下了所有的動作，但我現在已經沒時間猶豫了，至少要在手腕上留下被綁過的痕跡。

我把繩子纏到兩隻手上，雖然我只有一個人，但總算是做到了。照道理，我被人綁起來後一定是拚命想要解開繩子，想到這點我把心一橫，用力扭著手腕，拚命掙扎。在我的用力拉扯下，塑膠繩愈來愈細，但就是沒斷開。我強忍著疼痛，把塑膠繩延伸時的壓力都放在手腕上，又拉扯了幾次，在雪白的皮膚上勒出紅印。

再看看手錶，已經十二點五十分了，我顧不得手腕上還纏著繩子，跑上二樓那間能俯瞰正面大街的房間等待時機。我眺望著窗外明亮日光下穿梭的行人，那支手機已經失去了作用，我現在沒辦法知道邦子那邊的狀況，不過，她應該馬上就會從這裡走過。我仔細地觀察每一個走過的人的面孔，尋找那個抱著一個袋子、不安地走在街上的高個子女人。

我已經成功在手腕上弄出一道淡淡的紅印，但還是有些擔心這看上去不像是掙扎過後留下的痕跡，應該再用力些才對。我又拿起繩子，拚命在手腕上拉來拉去，一直拉到皮膚裂開、血要滲出來為止。我忍受著摩擦的疼痛，甚至快要哭出來了，要是事先考慮得更周全些該有多好。

換成那些大人的話，一定會擬定一個周密的計畫，事先排演過。不，也許根本就不會鬧到這個地步。看到手腕上已經留下深深的痕跡，我才解開繩子。我真是多麼的幼稚啊。

再看看手錶，已經下午一點了。我的心跳加快了速度。短短一個小時前，我還曾打電話回家，和爸爸簡短地談了幾句，之後邦子離開家門，那時應該是十二點五分。照我印象中大概的計畫，邦子差不多該從車站前往公園這邊走過來，穿過我現在俯瞰的這條大街了。

她現在在幹什麼呢？是不小心把袋子弄丟了嗎？該不會遇上車禍了吧？還是電車因為某些意外延誤了呢？不，或許是我沒看到，其實她已經沿著這條街走過去了，現在人已經到了公園？

我立刻跑到後面的房間，隔著窗戶朝公園裡看，邦子果然還沒到。我趕快又跑回正面的房間。

我很擔心，很想知道邦子現在的狀況。她最怕人多的地方，不喜歡到這種地方來。她又總是一副惴惴不安的樣子，在那些心懷叵測的人看來，她就是那種十分好欺負的人。該不會是在來這裡的路上，被人騙走了袋子吧？

一點十分，邦子還沒出現。

在焦灼的煎熬下，我覺得胸口很不舒服，本來還想要考慮有沒有其他的失誤，但腦子裡什麼都想不起來。該不會是邦子走到長椅旁邊後，忘記自己該做的事情了吧？

這棟樓房除了我以外，沒有其他人，我被包圍在一片靜寂之中，在我眼下走過的人們的喧鬧聲，似乎離我十分遙遠。外面是充滿生活氣息的現實世界，空盪盪的樓房裡面卻好像一個空虛的黑洞。

我一邊等待邦子出現，一邊開始後悔自己所做的一切。我不明白自己怎麼會做出這些事來。本想隨便撒個謊，騙騙家人，結果卻弄出這個把所有人都拖下水的爛攤子。我好羨慕下面那些縮著脖子避開寒風、笑容滿面地走過的路人。我原本隨時可以加入他們，在路上自由行走，可是一連串無可救藥的愚蠢行為之後，我已經無法出現在他們面前了。

不知不覺地，我忘了要去確認時間，入迷地看著下面的人群，用沾滿泥土、一片灰白的手摩挲著手腕上的紅印。平常根本不會注意到，現在我才發現自己的手腕其實很細，我好像到現在才知道自己還只是個孩子。

我內心視野的寬度和自己實際的身高成比例嗎？個子還很小的我，看不見周圍的人對我的牽掛，也看不見自己的界限，竟錯誤地以為自己心中的世界就是一切，還正經八百地弄出一個漏洞百出的計畫，並相信這個計畫不會遇到任何阻礙，一定會成功。我竟然以為自己能夠對抗人多勢眾的警方，真是太意氣用事了。

我也對不起京子。根本沒有任何明確的理由，就認定她潛入過我的房間，那一定只是我自己的妄想，實際上一定沒人進過我的房間。旅行回來後那種奇怪的感覺，只是孩子氣的憤怒帶來的錯覺。我開始討厭自己。

無意中，我想起那間只有三張榻榻米大的小房間。鑽進暖桌裡的我正餓著肚子，邦子從一樓的廚房端來熱水，走進來。我打開杯麵的蓋子遞給她，她臉上一如往常地露出為難的神情，可是又似乎非常愉快地把熱水倒進我的杯麵裡。那個房間缺乏陽光，和這棟樓一樣，又舊又冷，可是我想起來的卻是暖桌的溫暖，和將我包容在手心裡似的、狹小房間特有的舒適。

當我將視線轉向車站方向的時候，終於看到一個熟悉的高個子女人，胸前抱著一個袋子走過來。我的心臟又跳動起來，血液開始在全身快速遊走。

邦子距離這棟樓還有二十多公尺，她穿著平日那件土氣的毛衣，毛衣外套著一件樸素的外衣，上面裝著竊聽器。她給人的感覺就像是從家裡出來丟垃圾一樣，我甚至看到她因為緊張而臉色青白。跟周圍喧鬧的人群相比，她的步伐比我預想的還要慢，每次差點和人家撞到的時候，她都受驚似的停下腳步。像她這種不習慣在人群裡走路的人，總讓人覺得有點危險。

那些要從她身邊經過的人似乎明白了這一點，只要看見那個抱著袋子的女人出現在視線內，都事先留出空位避開她，免得撞到她。這些情形我都在上面看得一清二楚。

從這棟樓前面走過，在前面的十字路口向右轉就是公園。快要到綁匪登場的時候了。我在腦中又將計畫反覆地思考了幾遍，把手掌伸開又握緊了無數次，手心已經冒出汗來。等等我從她手上搶走袋子的時候，一定不能手滑，所以我趕快用外套下襬把手上的汗擦乾。這時，我居然想起之前送綁架信的時候，也曾用暖桌上的被子擦手的事情。

警方一定不會聽從綁匪的警告，而是悄悄地尾隨在後吧？如果不是這樣的話，我的計畫也無法實現。制定計畫時的大前提就是要有警方在旁邊看著。

我將剛才考慮到的種種不安統統丟到腦後，如今再怎麼後悔也沒有補救的機會了，必須全力以赴。我暗自下定決心，就算被警方捉住，免不掉一頓責罰，我也不能逃避。一切事情都是我挑起來的，如果我不做個交代的話，既對不起前來送贖金的邦子，也對不起那些盡全力展開搜查行動的警察。

我打算先下到一樓，做好準備，然後從那個看得見公園的房間裡衝出去。由於緊張，我感覺到耳朵旁邊的血管正在劇烈跳動，有些發熱。我從邦子身上收回視線，正要下樓去。

就在此時，我看見邦子身後出現一個奇怪的身影，那個男人戴著紫色的帽子，還戴著墨鏡，我覺得他一直盯著邦子。起初我以為大概是警察，但是後來我總覺得他有些奇怪，竟忘記從窗口離開，一直盯著那個傢伙。

那男人慢慢加快腳步向邦子靠近，雙手插在皮夾克的口袋裡，整個身體略向前傾，快步走著。感覺上他並不是因為寒冷，而是想要盡量避開人們的視線。

邦子沒發現那個男人。兩個人的距離愈來愈近，我的心也撲通撲通地愈跳愈快。

那個男人走到和邦子並肩的位置，我心中強烈地希望他繼續走下去，什麼也不要發生。我的心跳已經劇烈到無以復加的地步。

男人的手從口袋裡伸出來，抓住了邦子抱著的那個袋子。

那一瞬間我忽然聽不到路上的喧囂。

邦子迅速反應過來，不肯鬆手，可是沒用。那男人奪去袋子後，沿著原有的方向跑走，邦子一臉錯愕。

搶劫。我下意識地離開窗邊，跑下樓梯，如果不管這件事，我的計畫就泡湯了。不過我也還沒想到捉到那個男人之後該怎麼辦？我也不知道該怎麼回復原本的計畫。現在我只想到一定要捉住那個男人，把袋子奪回來。

我跑下一樓，從後門衝到外面。

如果那個男人沒改變逃跑路線的話，一定會從這棟樓房前經過，然後跑向前面的十字路口。要去那個十字路口的話，旁邊沒有其他路可走。我決定從後門搶先一步，攔住那個男人。要是我現在從正面跑出去的話，可能會被邦子身後追過來的警方發現。
鑽出後門，我沿著微暗的柏油路向左跑，前面五十公尺遠的地方有個T字路口，在那裡向左轉，再跑過一棟樓就來到了十字路口。
跑步時鞋子發出的聲響在並排的樓房之間迴盪。我腦海裡有些混亂，不停地抱怨自己運氣太差。跑到轉角之前的那段路顯得特別長，外套纏住了雙腿，我只好邊脫邊跑。沒做好熱身就開始全力奔跑，使我很快就氣喘吁吁，可是又不能停下來，我必須比那個男人早一步趕到十字路口。我需要跑的距離比較長，有點吃虧，不過那個男人卻要衝開人群才能跑出來，而我這邊是後巷，路上沒什麼行人，也沒什麼障礙物。
我一刻也沒有放慢速度，全速衝過後巷的轉角處。
就在那一瞬間，我猛烈地撞到某樣東西，然後整個人飛出去倒在路上。猛烈的衝擊把我肺部的空氣一下子全擠了出去。我倒下的時候仰面朝天，看到的是夾在樓房之間的藍色天空。我的手心感覺到柏油路表面上的小小凹凸。
身邊傳來男人的呻吟聲。我倒在地上，轉過頭一看，在視線邊緣躺著剛才從邦子手裡搶走袋子的男人。原來他跑得很快，我這才明白剛才在轉角處撞到的就是他。

那個男人站起來，看看我，抓起剛才和我相撞時掉在地上的袋子。

我動彈不得。本來想大喊一聲「等等！」可是舌頭卻不聽使喚，只發出一聲有氣無力、像是沒睡醒時的聲音。我的眼前愈來愈暗，最後失去了意識。

7

每個家都有屬於自己的獨特氣味，但我總覺得我無法分辨清楚自己家的氣味。可能是因為長期生活在家裡，漸漸對自己家的味道感覺遲鈍了。

剛剛來到菅原家的時候，我年紀還小，是媽媽牽著我的手走進這棟大房子。寬廣的走廊讓我大吃一驚，光溜溜的地板好像會讓人滑倒。這是個陌生的地方，我很不安，用力握緊媽媽的手，媽媽的心情似乎也和我一樣，握得比我還要用力。房子裡面有一股木頭的氣味，那氣味我已經忘記很久了。

黑暗中，我又聞到那種久違的熟悉味道，它在溫柔地向我招手，告訴我到了該睜開眼睛的時候。躺在鬆軟的被子裡，我的視線一片模糊，這是我自己的房間，我躺在床上，不知何時我已回到家中了。

一陣輕微的混亂向我襲來。我剛想撐起身體來，卻覺得全身痠痛，尤其是背後痛得最厲害。我呻吟著喊了一聲「該死」，不過這疼痛告訴我，和綁架相關的一切都不是在作夢。我倒在路面上，背部受到猛烈撞擊，然後就失去了知覺。

門開了，繪里姑姑走進來，發現我已經醒來了，她一臉驚愕，眼睛紅紅的，開口說了一聲：「歡迎回來。」

「……妳說錯了吧？應該是早安才對。」

我回了這樣一句。

繪里姑姑說我已經昏迷了整整二十四小時，也就是說，現在已經是綁匪要求交付贖金後的第二天。

為了不要觸痛傷口，我輕輕地坐在床上，不知什麼時候，我已經換了一身睡衣。

「我……」

這究竟是怎麼回事？

是誰幫我換衣服的？裝著贖金的袋子怎樣了？那個搶劫的男人捉到了嗎？邦子她現在人在哪裡？我有太多疑問，都不知該從何問起。我就像一個原始人一樣，接過別人遞過來的數學教科書，茫然不知所措。

可能是我的樣子看上去有點茫然，繪里姑姑趕緊關心地說：

「……奈緒，妳被人綁架了。發現妳的時候，妳滿身都是泥土倒在路上。」

這些我都知道，不過我口風一轉，撒了一個謊。

「我……不記得了。」

十分鐘後，被請到房裡來的醫生，在滿臉憂慮地守候在我身邊的爸爸和姑姑面前做出診斷，說我因為精神上的刺激而得了失憶症，一切都不記得了。不記得綁匪長什麼樣子，也不記得被關在什麼地方，為什麼被發現時是倒在路上等等。這一切都無法向警方說明，確實非常遺憾，不過當事人不記得也沒辦法。

「痛苦的事情，還是忘了好。」

爸爸用手貼著我的額頭，我從那隻手的溫暖感覺中才真切感受到自己回家了。

突然，我發現京子站在爸爸身後，便對她說：

「啊，對了，京子，我要向妳道歉！」

但是她卻用十分厭惡的眼光看著我。

醫生簡單診斷完畢後，我把爸爸他們趕出去，只留下繪里姑姑和我兩個，我希望她把事情的經過講給我聽。

姑姑盤腿坐在椅子上，耐心地從頭開始告訴我。她說我被綁架，還失去記憶了。其實這都是假的，所以聽姑姑講起綁架事件的經過時，我還是不斷裝出驚訝的神情。

講到交付贖金的那一段，我上身前傾仔細聆聽，不漏掉任何一個細節。

「……前往公園的楠木在途中被綁匪奪走了贖金。」

「綁匪？」

姑姑點了點頭。

「綁匪混在人群裡，搶走贖金後逃掉了。在楠木身後監視的幾個警察都能證明這一點。」

果然不出我所料，警方遠遠地跟在邦子身後。

「楠木在車站裡讀信的時候，警方就透過竊聽器得知信中內容，所以大部分的人都趕到公園去了。雖然擔心會讓綁匪發現，而沒有大規模行動，不過那個公園裡還是配置了很多警察呢。反而是跟在楠木身後的警察沒幾個，所以才沒能在路上捉到那個搶袋子逃走的綁匪，那個綁匪到現在都還沒捉到呢。」

看來警方把那個搶劫犯當成是綁匪了。得知我的騙局沒有被揭穿，我安心地吐了一口氣。

「警方在追捕綁匪的路上，發現了妳……然後他們馬上保護妳的安全，再把昏倒在路邊的妳送到醫院。在妳昏迷期間，醫院幫妳做了全身檢查，衣服也是在那裡換的。本來該住院觀察一段時間才對，是妳爸爸把妳帶回家來的，整個事件總算告一段落了。綁匪雖然拿著錢跑掉了，可是那又有什麼關係呢？儘管那個袋子裝有發信器，不過事後跟犯人戴過的帽子一併在垃圾箱內被找到了，裡面的錢已經被人拿走，只剩下空袋子而已。」

警方先將我保護好之後，在附近捉到幾個衣著很像搶劫犯的人，但經過調查後發現他們都沒有藏匿大筆金額的錢財，只好無罪釋放。

只要那個搶劫犯沒有被捕歸案，事情的真相便永遠沒人知道。我在心中暗暗祈禱，希望神明一定要保佑那個從邦子手裡搶走袋子逃跑的男人。

「那個傭人……楠木怎麼了？」

我還一直沒見到邦子呢。

「啊，那個孩子已離開這裡了。」姑姑完全不在意地說：「她嘛，雖然和這次的事件沒有直接關聯，不過我忘了告訴妳，她發生了一場小小的交通事故。」

我點點頭。事故的起因就是我，我當然知道。

「然後，就讓她負起責任，辭職了。」

「可是，她承擔起交付贖金這麼重大的任務，應該免除對她的處分吧……？」

看著我替邦子抱不平，姑姑覺得有點奇怪。對於那些毫不起眼的傭人，換做平日的我，根本不會放在心上，可是現在我不能不說。

「是那次交通意外中受傷的人糾纏不休。妳平安獲救後，妳爸爸也曾挽留過她，當然也非常感謝她，可是她本人堅決要離開這裡。」

「她自己要離開的？」

「是啊，今天早上收拾好行李就走了。好像臨走之前還一直在工作，我看見她準備早餐，還拿黑色的垃圾袋出去丟。我和妳爸爸都對她說，如果不想離開的話就不要走，可是她自己不肯。」

我有種遭人背叛的感覺，氣得站起來，結果連聲慘叫：「好痛——」我不顧繪里姑姑的阻攔，朝偏屋那邊衝了過去。

偏屋二樓，邦子的小房間已經空空如也。曾經幾乎占據了整個房間的暖桌消失不見了，原本放在櫥櫃裡的塑膠桶也找不到。這個狹小的房間頓時感覺空曠起來。

我忽然發現，櫥櫃下的地板拉開了一塊，那是邦子藏筆記本的地方。那塊木板看上去完全是故意拉開的樣子，我心中一動，朝裡面看了看。她把那本畫有素描的舊筆記本留在這裡沒帶走。我把筆記本拿起來，隨便翻了幾頁，上面有她的家鄉、大海、垃圾回收車、菅原家每個人的面孔，還有我，最後一頁上有她寫的字：

奈緒小姐，對不起。妳不在家的時候，是我溜進妳房間的，因為從我的房間剛好可以看到小姐妳房間的窗户……妳總是開著窗户就跑出去了，這個妳自己知道嗎？每次都是這樣的。如果是短時間不在家，問題倒還不大，可是像學校旅行那麼長的時間不在家的話，有時候是會下雨的……沒錯，就是這樣。晴天的話我可以放心地讓窗户開著不管，可是下起雨來，我就不忍心看下去了。

我知道我這樣做不對，不過我想只要我不對任何人說，沒人會知道，所以才會進去小姐的房間把窗户關上。這件事我其實應該早點向小姐報告的，可是我一直以為小姐是個可怕的人，就一直都不敢説，對不起。還有，謝謝。

楠木

讀完信的瞬間，我手一鬆，筆記本落在榻榻米上。這也太無聊了。

我把小房間的窗戶開得大大的，再也不用像以前那樣從窗戶縫隙向外偷看了。對面我的房間裡，繪里姑姑還坐在椅子上，我們兩人四目相交。

「妳去那邊幹什麼？」

她站在我房間的窗邊驚訝地問，那聲音越過兩棟房子之間十公尺寬的距離飛過來。

「……啊，沒幹什麼。」

我找不到合適的答案，只好含糊其詞。

我重新審視了房內一遍，回想起自己在這裡度過的短暫時光。剝落的壁紙、舊日光燈，一切都溫柔地接納我。暖桌雖然不見了，但我還能嗅到它的氣味，那氣味就像一個令人十分懷念的朋友一樣，和我的嗅覺打招呼。

「奈緒，」繪里姑姑站在對面的窗子叫我，「警察來了。」她身後站著幾個男人。

我回到了主屋，因為不喜歡那麼多人聚在我房間裡，便請他們在客廳等候。我換好衣服後，下樓和警方見面。警方派了五個人來，聽過他們的聲音後才明白，原來他們就是喬裝潛進家裡的那幾個人。我確實記得在哪裡聽過他們的聲音，他們的聲音透過邦子那支手機，清晰地留在我的記憶中。其實我的記憶力還算不錯，我們的生命中偶爾會遇到有特色的聲音，然後便會清楚地記住那個聲音的主人。

警察們看到我臉色十分健康，非常開心，好像工作方面得到了回報。只是聽說我喪失記憶後，都掩藏不住遺憾的神情，因為能協助找到綁匪的線索一下子少了許多。

我和他們只簡單地聊了幾句，十分鐘後他們就回去了。在這十分鐘裡，我的心情劇烈動盪，驚慌失措，等到他們快要回去的時候，我才下定決心開口問：

「對不起，請問你們喬裝進駐家裡的人不是六個嗎？」

他們其中一個人帶著滿臉奇怪的表情，搖頭說：

「不是，就只有我們五個。」

8

綁架事件並沒有引起太大的騷動，大概是爸爸出面干涉過不准公開消息，所以只有家裡幾個人知道我被人綁架過。

我失蹤那段日子剛好是寒假，所以學校的同班同學也不曾發現我失蹤過一段日子。只是在寒假結束後的第三學期，我無法回答如何度過寒假這個話題。

就這樣，一轉眼十個月過去了，我已經是國中三年級的學生，為了迎接即將到來的考試，我一直在努力溫習功課。天氣漸漸轉冷的時候，我偶爾會想起去年的那些事情，懷念鑽進那三張榻榻米大的小房間的暖桌裡，一邊聽著外面寒風吹過，一邊打瞌睡的日子。

邦子寄來寥寥幾句的明信片，也正是在這個時候。她用簡潔的文字說明自己已經結婚了，還將地址告訴我。不是她娘家的地址，而是一個我第一次聽到的地名。說實話，綁架風波過後，我一次也沒見過邦子。我想見她，還有好多話想和她說，看完她的信後，我開始做旅行的準備。

十一月的一個星期六。

我下了電車，走出閘口。這裡離菅原家很遠，途中還要乘坐飛機和電車。我事先未能聯絡上邦子，只記得她家的地址，找不到電話號碼。

車站周圍就是商店街，看不到大樓，也幾乎沒有穿西裝的人。這時太陽已經西斜，一群戴著黃色帽子的小學生剛剛放學。車站旁邊種著落葉樹，一旁靠著一輛放置很久、已經生鏽的自行車，還有弓著九十度角走路的婆婆從我面前緩緩經過。

我打電話告訴爸爸，說可能在邦子家住幾天。爸爸讓我自己好好去玩。

我在車站前的巴士站等車，那裡有張印著藥店廣告的塑膠長椅，我確定沒有髒汙之後，坐了下來。散落在腳邊的枯葉，在風的吹拂下四處滾動。

我隨身帶著邦子的筆記本，於是拿出來看看，消磨一下時間。太陽徐徐變成火紅的落日，氣溫愈來愈冷。

突然，攤在膝蓋上的筆記本上出現一個陰影，我抬頭一看，眼前站著一個高個子的女人。

「啊……」

她右手提著購物袋，用那令人懷念的慢悠悠語氣驚叫了一聲。

「好久不見。」

我掩藏好自己的驚訝，向邦子伸出右手。

我們搭上巴士後，一起坐在最後面的座位上。她說自己把丈夫留在家裡，一個人去車站附近買東西，碰巧在回家的巴士上遇到我。

車子開了一段路後，周圍的房屋數量不斷減少，看來他們家位在山麓的樣子。不久，車子駛上了可以俯瞰整個城鎮的道路，巴士裡只剩下我們兩人。

我們聊起十個月前的事情，還有最近做過的事情，聊著聊著，我又想起她那從容不迫的講話方式。我們似乎從沒有分開過，也不曾離開過那個小房間，我和她之間的主僕關係又恢復了過來。我一說：「邦子，看妳，好像很了不起啊！」她馬上面有難色地說：「啊，對不起，對不起。」

十分鐘後，我們下了巴士，周圍已是一片昏暗了，只有巴士站附近的自動販賣機還亮著燈。巴士亮著前燈，排出一股廢氣後駛離了。我替邦子提著沉重的購物袋走在前面，整條路上都是熟透的柿子落在地上腐爛後散發出來的味道。

邦子家是非常普通的住宅，不過看上去感覺十分舒適。邦子告訴我，這裡是她丈夫的老家。

邦子一面說：「我回來了。」一面走進屋子裡，我沉默無語地跟在她身後。

「妳回來了。」一個男人的聲音從裡面傳出來，我們朝著聲音發出的方向走過去。

客廳裡擺放著一張矮桌，矮桌兩邊擺著沙發，還有一台舊型電視機，電源是關著的。沙發上坐著一個正在看報紙的男人，他大概就是邦子的丈夫。他的目光一直停留在電視節目那一欄，沒發現家裡來了客人。

我站在客廳門口，一聲不響地看著他，邦子從我身邊走過，我便把手裡的購物袋還給她。

這時，邦子的丈夫才抬起頭來，我們的視線相遇。

「啊，妳好。」

他只說了一句話，然後就收回視線，繼續看報紙。

我在他對面隨意地坐下。

「嗯，我就把這裡當成我的別墅吧。」

我對邦子的丈夫說。

「房間的話，還有一間空著。」他的視線還是沒有離開報紙。「有三張半榻榻米那麼大，對妳來說應該夠。」

我擺出小姐的樣子，把肚子很餓的意思客氣地說給他聽。

「我肚子餓了，想吃點東西。」

邦子的丈夫摺起報紙，微笑著站起來。

「冰箱裡應該還有我做的派。」

「真棒，我每次都很期待邦子會把你做的派帶回去呢。」

「謝謝妳的誇獎。」

他用那聽過一次就不易忘記的嘶啞聲音說完後，就走出了房間。客廳裡只剩我一個人，我把邦子的筆記本從袋子裡拿出來，打量著那幅回收垃圾的人的圖畫，簡直和她丈夫一模一樣。如果繼續在這幅圖畫上帽子和墨鏡的話，就正是交付贖金那天，從邦子手中奪走袋子的搶劫犯了。

十個月前，交付贖金的第二天，我站在玄關目送五位警察離去。

「奈緒。」

回頭一看，爸爸就站在我身後，手裡鄭重其事地拿著一件東西，看上去好像是塊白布。

「如果綁匪拿走這樣東西的話，妳一定會非常傷心。遺憾的是，上頭沒有綁匪的指紋。昨天，我把這個從警方那裡取回來，我告訴他們這件東西很重要，請他們還給我。」

爸爸把那東西塞進我手中，原來是媽媽的遺物——那條手帕。我曾經把它帶去邦子的房間，不過後來就忘記了它的存在，我竟然沒注意到這條手帕已經掉了。

我問爸爸，為什麼媽媽的遺物會在他手裡。

「這條手帕就裝在綁匪送來的信裡啊……」

我一時理解不了爸爸這句話的意思。

那封信本來是我寄出的，我不記得在信裡夾了這條手帕。我差點脫口而出「怎麼可能？」這句話，但馬上趕快抑制住自己的心情。

女兒隨身攜帶的手帕和綁匪寄來的第一封信一起寄了過來，所以爸爸才會相信綁架信的真實性，相信我真的遭人綁架。

我要求看看那封送來的信。信的正本封在塑膠袋中，由警方保管，我看到的是複本。那根本不是我用剪下來的字拼寫的信，上面的字句我從來沒見過，那不是孩子的玩笑，而是用真真切切的話語寫成的內容。

從那時開始，我確信事實和我自己所想的故事略有不同。

待在那個小房間裡，我的消息全靠邦子傳遞。雖然我可以從窗戶縫隙觀察主屋內的動靜，可是每次都擔心被別人發現，不敢太頻繁地偷窺。在這個過程裡獲得的資訊也只不過是看見一些臉色緊張的人在遠處走來走去，根本不可能知道屋內發生的事情。我從窗戶的縫隙，只能感受到那一觸即發的急迫感，就算偶爾聽到有人在石子路上講話，也無法從那些勉強聽到的內容捕捉到真實的成分。我對自己的真實處境其實一無所知。

房子裡面發生的事情都是來自邦子的轉述。每次她下班回來，都會和我隔著暖桌面對面地坐下，我一邊吃著橘子，一邊興趣十足地聽她講起當天在房子裡發生的事情。另一個資訊來源就是讓她拿著手機蒐集到的一些混著雜音的聲響。

因此我才會主動寫下綁架信，在假綁架的泥淖裡愈陷愈深。我一個人躲在小房間裡，直到最後在路上獲救為止，一直以為整個過程中與其說我是受害者，倒不如說整個計畫是我自己設計出來的。可是，實際上並非如此，我不知不覺地被邦子綁架了，被她監禁在那個狹窄的、讓我依戀的小房間裡。

「……我真的不知該怎樣向小姐妳道歉才好。我第一次聽妳提起假綁架的那個夜晚，在那個撒滿碎紙片的小房間裡，想出了大概的計畫。」

邦子坐在丈夫身邊，帶著歉意地低下頭去。我們正圍著矮桌坐在沙發上，桌上放著三個咖啡杯，我面前還有一個裝著派的盤子。

沒有音樂，也沒有電視的聲音，我略帶緊張地聽她訴說。

「小姐，妳叫我把寫好的信放進郵筒那天，我沒有立刻放進去，而是拿著信封，跑去當時正在交往的他家裡。」

邦子看了一眼身邊的丈夫，他向我點頭證實她的話。他看上去不是很緊張，似乎很早以前就期待會有這樣一個夜晚。

邦子不會打字，所以要他幫忙寫一封真正綁匪口吻的恐嚇信。我現在才想起為什麼叫她去寄一封信，要那麼久才回來，原來是跑去他家，才會回來晚了。他住的公寓離菅原家步行需要十多分鐘。

信封裡裝著邦子丈夫重新寫好的恐嚇信和我媽媽遺留下來的那條手帕，邦子把信封塞進郵筒。我根本沒注意到那條手帕不見的事情。她聽我說過那是我媽媽的遺物，而我爸爸也知道這一點，於是想到要利用它。我的衣服都由她負責清洗，就算她動過我的衣物，我也不會覺得奇怪。於是，就在出去寄信之前，她悄悄從我的衣物中偷走那條手帕。

我隔著手機聽到大塚發現那封信、交給爸爸那一段的時候，爸爸手裡拿的根本不是我寫的那封信。

邦子為了不讓我聽見那些不該聽到的消息，有時會立即離開現場，有時則切斷電源，總之不讓我知道真相。我記起爸爸讀那封綁架信的時候，訊號突然惡化、收訊不好的事。我想當時爸爸正要向大塚說明那條手帕的事情，所以邦子才會立刻切斷了電源吧。

「這麼說來，妳寄出第一封綁架信後，一直不希望我發現這中間的隱情，所以我出門的時候，妳也要一起跟過來。」

「沒錯，那個，如果在事情發展過程中讓小姐發現了這件事情，會不太方便，所以……妳往窗外看的時候、大聲笑的時候、打噴嚏的時候，還有離開房間上洗手間的時候，我都擔心死了。」

但最後還是沒人發現我就待在她的房間裡。這樣的冒險能夠成功，原因沒別的，只因為遭人綁架的我拚命要掩藏自己的行蹤。

「我終於放下了心中的大石頭。小姐，我還以為妳知道真相後，會生我們的氣呢。」

我沒有回答，而是喝了一口主人招待的咖啡。

說沒生氣是騙人的，不過我只是在十個月前發現真相的那一刻感到有些憤怒，然後那種遭人背叛的憤怒早就消失得無影無蹤了。

從爸爸手中接過手帕，看過那封完全沒有印象的綁架信複本後，我還以為是自己在昏迷中作的夢呢。不過撞上搶劫犯，整個身體飛出去後在手腕上留下的瘀青，真的很痛。

我將自己離家出走後寄到菅原家的所有郵件都檢查了一遍，有很多是朋友寄給我的賀年卡。把那些信放到一邊後，我從堆積如山的郵件中找出了我要的信。

我找到了那封還沒計畫綁架之前，寄來讓爸爸安心的信。那封信現在也由警方保管著。為了搜索我離家出走後的行蹤，警方也調查過那封信。

他們的判斷是，離家出走的我在鷹師站附近和朋友分開後就遭人綁架。在我失去行蹤的兩星期後，信箱裡收到綁匪的來信。所以他們認為那封信是綁匪為了讓家人放心，才逼我寫的。

事件發生後，我完全失去記憶，所以對此無法做出任何回答。

但是，我要在郵件中找的並不是那一封。

當我躲在小房間裡，看到警方大舉展開搜查，又看到爸爸異常擔心的時候，我打算結束這場假綁架，就寫了一封信，再次告訴爸爸我很好，並暗示那份用剪字拼寫的綁架信其實只是某個人的惡作劇。但無論是警方擁有的證物中，還是爸爸手裡的郵件，都看不到這封信。我曾問過大塚太太送來的信件就只有這些嗎？但大塚太太說沒有其他的了。

「那封信，嗯，我沒寄出去……」

我一邊聽邦子說，一邊把叉子伸向那口感令人懷念的派。邦子丈夫做的派還是那麼美味。

「我認為沒必要讓人覺得通知綁架的第一封信其實是某人的惡作劇，甚至是一定要避免這種情況發生。」

邦子的丈夫舒適地坐在沙發上，蹺起二郎腿，抬頭望著天花板。看他那目光，似乎是在回想十個月前的情形。

「邦子出來倒垃圾的時候，跑過來打招呼的人就是你吧？」

他點點頭，然後用我曾在手機裡聽到的獨特嘶啞聲音給予肯定。

「我扮成悄悄在後門監視的警察，實際上只是在門外讀一些事先準備好的台詞而已，而且還穿著收垃圾時的工作服。我們必須隔著電話，讓妳聽到房間裡面的警察對事件的看法。」

我想起邦子去後門丟垃圾途中與警察的對話。實際上，那只是在後門外空地上演的一場戲。只要不在院子裡，就不會被警方發覺。我用電話竊聽兩個人聊天，其實我蒐集到的只是他們兩人事先寫好的劇本。

「我想起來了，有一次妳打電話過來，我本來已經睡了，又被妳那通電話吵醒。」

「那次也是，有些消息希望小姐一定要知道，所以才會在事前打了這麼一通電話。」

跟她說話的男人的聲音清楚地殘留在我腦海裡，但事後曾住在家中的五位警察卻沒有這個聲音。開始時，我還以為有六個警察住在家裡，後來才知道事實並非如此。

我開始模模糊糊地意識到另一個人的存在，就是在那個時候。

我坐在一大堆郵件前，漸漸看清事情真相的時候，又看了一遍綁匪要求贖金的來信。那封信的正本由警方保管，我看到的只是複本。這封信和第一封綁架信一樣，我沒見過，也不是用剪字拼貼而成，而是用打字機打出來的，有些內容還修改過，透過這封信就能看到綁匪不客氣的性格。

不過，關於交付贖金的時間和邦子做交接人的要求都沒有改動，改動的內容只有一項，就是贖款的金額。我的計畫是要兩百萬，實際送來的信上卻寫著三千萬。

我忽然想起交付贖金之前京子說過的那些例子，就是關於付出與回報的談話，她說：「想要回女兒的話，就用三千萬來交換。」那時她一定已經看過這封信了。

「我沒想到小姐真的會想要贖金，因為妳一直想讓大家認為綁架信只是某個人的惡作劇，想要以此來收拾混亂的局面。我一直以為要求贖金的信要我們自己來寫，所以本來想要瞞著妳，和他一同籌畫贖金的交易。」

「可是，那天夜裡發生了意外，我倒著走的時候，一輛車為了避開我而撞到牆壁。那應該是出乎意料之外的事情吧。」

邦子代我頂罪，讓我逃走，完全是因為被綁架的人絕不應該出現在那裡，但正因那場事故，我才想到要贖金，並指名要邦子做交付贖金的人。

邦子利用了我的計畫，臨機應變，看上去是要實行我的計畫，實際上是同時要進行真正的贖金交易。

「如果沒發生那場事故，或者我不索取贖金的話，你們打算怎麼辦？」

夫妻兩人對視一眼，然後同時向著我聳了聳肩膀。

「這個嘛，就不知道了。但是，事故發生後，在邦子被趕出來之前一定還是會索取贖金的，也就是瞞著妳做贖金交易。不過，總算是過去了。」

邦子的丈夫回答說。

最初看到信上寫著三千萬這個金額時，我非常困惑。這筆錢最後到底消失在什麼地方呢？爸爸他們對我說，他們確實準備了三千萬現金。

結局就是那個搶劫犯從邦子手裡把袋子奪走，取出裡面的現金，將裝有發信器的袋子丟在公園旁邊。

我在家裡走來走去，思考著這件事情，當時背部的傷還沒有完全好，不過我沒辦法安心靜養。

我忽然看見大塚太太正要去倒垃圾。這以前一直是由邦子負責，但現在她已經不在這裡工作了。

我叫住提著垃圾袋的大塚太太，把她帶到一樓的洗手間，就是距離警察們順便用來睡覺的十二張榻榻米大的和室最近的那個洗手間。

「我獲救那天，妳有沒有在這附近發現什麼？」

我這樣問她，她歪著頭回答說不記得了，但我看到洗手間旁邊的儲物櫃後，愈發肯定了某種推斷。那裡原本有個小空間用來存放掃除用具，不過拿來藏三千萬也是綽綽有餘的。

「妳出發去交贖金之前，就已經把錢從袋子裡取出來了吧？」我追問，邦子並沒有否認。「妳抱著那個裝贖金的袋子在和室裡待命，還問警方可不可以抱著袋子，其實那時候妳已經做好準備，只等大家散去。等到跟京子談話後，妳就直接抱著袋子去洗手間，京子還問妳為什麼拿著袋子，妳故意裝作沒聽見。進了洗手間後，妳就把三千萬藏到一個不引人注意的角落。」

即使在房子裡沒有機會把錢藏起來，也會在前往交付地點的途中把錢藏好吧。

那天邦子走去公園時，胸前抱著的是一個空袋子。

在鷹師站的大街上，邦子的丈夫搶了她的袋子逃跑，途中意外地和我撞在一起。但是計畫還是按照原定內容進行，在途中輕鬆地扔掉那個袋子，摘掉墨鏡和帽子，恢復普通的裝扮後混入人群。即使因為服裝相似而被警方攔住問話，只要手裡沒拿著有問題的錢便不會有事，輕輕鬆鬆就可擺脫犯罪的嫌疑，因為警方一直認為綁匪逃走的時候會拿著袋子裡的巨款。

「為了追趕偽裝成搶劫犯的你，我跑出大樓……」我對邦子的丈夫說：「最後和你相撞，然後失去知覺。你一定沒想到會發生那件事情吧？因為我發現邦子的袋子被搶的事純屬偶然。如果當時我沒有出去追你的話，到時我該怎麼辦呢？就那麼一直守著公園的長椅嗎？」
「這個嘛……當時我是想找個機會打手機把事情的經過簡單告訴妳。當然不能把真正的計畫告訴妳，只是告訴妳搶劫犯把袋子搶走了，然後讓妳把所有的罪責推到搶劫犯身上……」
邦子可能以為我生氣了，雙手不安地扭動著。
「別開玩笑了，那時我的手機已經壞掉了！」
「咦，原來是這樣啊……？」
「是啊，我爬進那棟樓的時候壓壞了，妳一直都不知道嗎？」
她歉意地點點頭。
「不過，手機這東西本來很結實的，但是小姐妳的體重……」
「……都是不二家軟質鄉村餅的錯。」
如果我當時在二樓沒看見邦子、沒追出去的話，可能會莫名其妙地陷入更大的麻煩呢。
「最後，我暈倒在路上被警方救起，邦子妳也沒做成英雄，還被趕了出來……我是看見大塚太太丟垃圾才想起繪里姑姑說過的話。姑姑說妳離家的那天，還看見妳去丟黑色的垃圾袋。姑姑可能從來就沒注意過，但我卻有些納悶，因為妳平常用的都是透明的塑膠袋，那次卻用黑色的，太反常了，而且家裡所在的區域指定用的是透明塑膠袋。其實，妳用黑色塑膠袋的理由很簡單，因為裡面藏著三千萬，自然不能用什麼都看得見的透明塑膠袋了。裝在垃圾袋裡面的現金，妳一定是把它藏在洗手間的儲物櫃裡，對吧？即使有人打開儲物櫃，也不會想到垃圾袋內藏有巨款。」

邦子點點頭。

我發現真相後，一邊揉著疼痛的後背，一邊試著打電話到邦子老家。我的手指不停地抖動，差點按錯號碼。

我腦海中浮現出她走路時的姿勢，揮之不去。

我暈倒在路上被人發現後，事件似乎暫時告一段落。就在第二天的清晨，我正在自己房內的床上酣睡，警察們前來收拾安裝在那個和室裡的無線電設備及電話上的追蹤器，還有當初為監視正門而連接的電線和記錄影像的錄影機也必須拆除，當時警察們還在房子裡走來走去。

在這種狀況下，她竟然抱著裝有三千萬贖金的黑色塑膠袋，慢悠悠地走出門去。中途爸爸和繪里姑姑還把她叫住，告訴她不想離開的話可以繼續留下來。那個時候沒人想到邦子拿的垃圾袋裡就裝著贖金，而她也沒有顯示出絲毫的慌張，一如往常那般搖搖頭……

邦子的弟弟接起電話，不過他說姊姊沒回家，不僅如此，她也沒告訴家人自己被菅原家解僱了。我這才發覺邦子一開始就沒打算要回老家。

她可能會想，如果我發現了她犯罪的事實，會不會報警呢？還是擔心警方發現真相後，會去搜查她的下落呢？

邦子躲到什麼地方去了？我沒有頭緒，也找不到聯絡方法。總之，她失蹤了。

「我不知道小姐妳會不會把真相公開……但我認為妳不會。如果妳把這件事說出來，也就是在告訴人家，自己策畫假綁架……」邦子毫無自信地輕聲說著。「這十個月來，我沒告訴任何人我在哪裡，一直遠遠地窺探著搜查的動向，可是，大家還不知道真相。我想小姐可能下定決心不告訴任何人，所以才把家裡的地址寫在明信片上，寄到菅原家去。」

「我毫髮無損地回到家，除了贖金不見了以外，一切都還算是圓滿結局，所以以後也不會有什麼人來追查這個案件了。比這件事重要的事情每天都在發生，警方也不會總盯著那些幾乎圓滿解決、又沒有受害者的案件。」

「再說，這三千萬對菅原家來說也不算什麼。」

邦子的丈夫加了這一句話。

我點點頭，伸了一個懶腰，將背用力伸向沙發的靠背。一直以來我都不能問別人、也不能對別人講，只能一個人在思考。在我那空間不算很大的腦子裡，關於邦子犯罪的各種想法一直占據著很大的位置。一想到十個月來一直纏擾著我的事情終於可以了結，我的心情就特別好。

「今天總算能睡個好覺了。」

這句話是我的肺腑之言，我對於兩個人籌謀並實施的計畫感到十分愉快。

窗外已完全暗了下來，我當然就住在這裡，就是那個只有三張半榻榻米大的房間。

邦子想要站起來帶我去那個房間。

「不用了，妳坐著吧。」邦子的丈夫拉住她，對著我說：「我來帶路。」

我跟在他後面走上樓梯。那個房間在二樓，一種親切感向我襲來。這棟房子不大，很舊，燈也很暗，這一切都讓我想起家中的偏屋。

邦子的丈夫拉開走廊盡頭的木門，向我招手。

「就是這個房間……裡面放的東西稍稍多了一點，行不行？」

我打開燈，發現暖桌占了這個小房間的大部分面積。待在邦子房間的那半個月，它已經快要成為我身體的一部分，卻又隨著邦子的失蹤而消失。裡面還有當時我叫邦子用信用卡買回來的攜帶型ＤＶＤ放映機和收音機等，看來，邦子一直留著它們。

坐在暖桌前，把腳伸進去，布下面覆蓋著其他電器產品上看不到的獨特電線。插頭已經插進插座裡，只需把電源開關轉換成「開」的狀態即可。

暖桌的桌面上還看得見我拼寫綁架信時留下的劃痕，我用手輕輕地撫摩著它，注意到整個房間已徹底打掃過，沒有一絲灰塵。

邦子知道我會到她家裡來，於是事先取出暖桌，打掃好。這個房間肯定一開始就是為我準備的。

「真是的，難道就沒有更寬敞、更好的房間了嗎？這和監禁有什麼兩樣！」

我輕輕地抱怨了一句，但內心的歡愉早已經爬上我的臉頰。邦子的丈夫苦笑著退出房間，多麼孩子氣啊，那兩個傢伙還真不錯。

我打開暖桌的電源，掀起暖桌上的棉被，確認了一下裡面的紅色光線，不過要熱起來，還需要一段時間。

我關掉房裡的燈，把臉埋進那令人懷念的觸感裡。在一片安寧的黑暗和靜謐中，我感到整個房間似乎正飄浮在宇宙之中。每次我都能在邦子的房間感受到同一種感覺，那份親密輕輕地將我擁在懷裡，讓我忘卻了自己身在遠離菅原家的其他地方。我也無法判斷現在到底是什麼時候。

意識沿著時間回溯，回到十個月前的那個房間裡，當時冷風正吹動著偏屋的窗門，而我正蜷在溫暖的暖桌裡，輕閉著雙眼。

我看見自己一邊聽著收音機裡的聖誕歌曲特輯節目，一邊透過窗戶縫隙窺探外面的動靜，然後靜靜地一直眺望無聲的雪花緩緩從天空飄落。我看見自己在暖桌和牆壁之間躺著，為天花板的低矮感到驚訝。

我看見自己對京子抱有愚蠢的敵意，看見自己將無名的怨恨強加在女兒不在家時也能開懷大笑的爸爸身上。我又看見送出綁架信後，不忍心看到爸爸憂慮的那個渺小的我。

在那個小小的正方形空間裡，我和邦子安靜地送走夜晚。我們的生活充滿了秘密，生怕被別人知道，那種懷念讓我胸口一熱，有股想哭的衝動。

明明有冷空氣從縫隙鑽進來，我卻感到全身充滿溫暖。邦子的房間雖然很小，居住條件不是很方便，可是那種感覺就好像在媽媽的腹中。

紅外線燈嗡的一聲開始運轉，這個暖桌型的時光機漸漸暖和起來。

在入睡前，我向邦子獻上一份祈禱。妳一定要保護好妳大大的肚子，希望妳的孩子以後不會像我這樣不孝。

後記

我想寫後記，因為它很重要。現在我正在為此而努力，而且有人曾經對我說：「你的小說裡的後記很有趣。」從這句話可以理解為後記比小說本身更為吸引人。當然，截至現在，我不過才寫過三篇後記，就已經得到如此讚許，這讓我覺得若不寫出一些有趣的內容來，愧對讀者，愧為男人。後記的存在十分重要，我知道有很多人僅僅站在書店裡看完後記，便滿懷愉悅的心情將書放回書架。其實，我就是這種人。

總之，僅憑一本書的後記來決定要不要買的讀者多得令人出乎意料，所以，寫後記時萬萬馬虎不得。譬如說，要是我打算在此對近況做個詳實的報告，就會寫成我最近募集了善款、救了在河裡溺水的兒童，還有從車輪下挽救了一隻小狗性命這樣的流水帳，這將有損我的形象，陷我於不義。

在我的作品問世前一段時期，我特別希望寫後記。看過很多人的作品後，我不斷地想像，如果換作自己的話，會怎麼寫後記呢？有些作家曾在後記中吐露心聲說「自己不擅長寫後記」，我卻對他們的苦惱感到不可思議。那時候我認為，後記才是自己唯一可以自由發揮的空間。

不過，我現在開始慢慢理解那些作家的心情了，因為自己每次決定要寫後記時，就會開始煩惱，明明只有幾頁篇幅而已，實在是很討厭啊。

思考了很久，仍然不知道要寫些什麼內容才好，於是，我決定求助於網路。我相信，利用網路搜尋到與後記相關的種種資訊後，一定會獲得某種靈感。

「用後記來補完小說內容最差勁。」

在網上搜尋到這則意見後，我頗有同感。以前我曾經看過這樣一篇後記：「這部短篇在雜誌上發表的時候，由於字數的限制而被迫刪減了部分情節。」這樣的辯解實在有些欲蓋彌彰，不禁讓人懷疑作者的腦筋是否正常。當我回想這篇作品的作者是誰的時候，才赫然發現就是我自己，真是對不起大家。

「小說裡的人物在後記中開座談會的做法也不可取。」

看到這則意見的時候，我備受打擊，因為我個人對這類後記十分偏愛，特別是座談會這種形式，我覺得沒什麼不好。每當各種各樣的雜誌上刊登「某某匿名座談會」特輯的時候，我都會迫不及待地讀完。也許，這麼做的人只有我一個吧。如果真是知音難求的話，我會在百般無奈下，放棄座談會這種表現形式。

「在後記中表現活躍的作家，事實上個性是不是很內向呢？」

對於這個推論的真偽，我無從考證，不過，我個人的性格十分內向。

「在後記中為那本書姍姍問世而道歉的人最要不得，感覺像是自尋死路。」

對此，我深有同感。我寫這篇後記的時候，人在大學的研究室裡，眼看著離畢業論文的截止日期只剩一星期而已，我的論文沒寫出來，小說倒是完成了一本，我或許會因此而無法畢業。如果我把這些內容寫進後記裡的話，只怕真是在自尋死路，我得注意不能把這種事寫在後記裡。

「在後記中談到作品內容的做法是不行的。要是遇到這種書，我會當場扔了。」

對此，我也有深刻體會。這麼做會大大地削減了讀書的樂趣，奉勸各位切勿為之。基於上述理由，我在這裡拋開作品內容不談，就來說說作品篇名的事吧。

〈幸福有著小貓的形狀〉這個故事的篇名，是參考《花生漫畫》（PEANUTS，就是有史努比的那個）某一回的標題：〈幸福是一隻溫暖的小狗〉。由於這個名稱太長，我覺得要是多唸幾次就會咬到舌頭，所以認為最好還是別用這個名字。實際上，我擔心自己會咬到舌頭，所以每次提到這個故事的時候，都會說「有小貓的那篇」。說起來，這篇小說應該取作〈有小貓的那篇〉比較合適，不過，這個名字不夠響亮，所以我才將篇名取為〈幸福有著小貓的形狀〉。嗯，現在看來還是這個名字好。

替〈失蹤HOLIDAY〉這個故事命名的契機則非常微不足道。有一次，責任編輯青山說：「在我以前負責過的小說裡，有一部名叫〈疾走HOLIDAY〉，這名字是我取的。」因為他的一句話，我才把這個作品取了這個名字，只不過我誤將〈疾走HOLIDAY〉理解為〈失蹤HOLIDAY〉了※。

口述的資訊難免有誤，這跟我小時候不擅長漢字的小測驗完全沒有任何關係，真的沒有半點關係。後來我才知道青山說的作品名稱是〈疾走HOLIDAY〉，不過，我想這次我將小說命名為〈失蹤HOLIDAY〉，他應該也不會生氣吧。老實說，我認為〈失蹤HOLIDAY〉是個非常不錯的名字。至於故事情節和角色設計，都是我後來慢慢想出來的，結果寫成了到目前為止，我所有作品中最長的一個故事，果真是有志者事竟成呀。

寫到這裡，剩餘的篇幅應該也沒多少了吧。如果你手中還有賀年卡，想寫封讀後感給我的話，請寄信到下面的地址：

〒102－8078　角川書店「THE SNEAKER」編輯部　乙一老師收

我這樣寫，恐怕又會惹來某些人的非議，怎麼能在自己的名字後面加上

※日語中「疾走」和「失蹤」的讀音相同。

「老師」的尊稱呢？其實「老師」那部分寫不寫都無所謂。人家用「老師」那麼偉大的頭銜來稱呼我，我還不好意思呢。不過，如果只寫「乙一」兩個字，恐怕看上去不像是人名，倒像是一些彎彎曲曲的線頭，所以或許要加上註解，寫成「乙一（不是線頭）」吧。當然，這些都是我信口胡謅的。

另外，要寄信給羽住都老師的時候，請將「乙一」的地方換成「羽住都」即可。坦白講，如果有人買這本書，那也是看在羽住老師為它畫插圖的面子上吧。我一開始曾經把羽住老師的姓讀作「ＨＡＪＵ」，這類糗事，還是不要讓人知道的好。要是傳入了羽住老師的耳朵，老師以後可能再也不會為我的書畫插圖了，這樣會讓我非常煩惱，深陷絕境。無論如何，謝謝您，羽住老師。

如果SNEAKER文庫下次繼續推出我的作品的話，那應該是刊登在《THE SNEAKER》上，叫做〈CALLING YOU〉和〈傷 KIZ/KIDS〉的短篇。每篇小說名都夾雜著英文，說不定青山又要抱怨：「這種書名直排的時候難看死了！」

那我們下篇作品時再聊吧。

……………………………………

「在後記的尾聲部分寫下『下篇作品再聊』的作者，通常就此沒消沒息了，這種做法實在令人心痛，十分要不得。」這樣的意見也在網路上出現過呢，這樣說來……

乙一

謎人俱樂部

歡迎加入**謎人俱樂部**！為了感謝您對皇冠出版的推理、驚悚小說的支持，我們特別規劃推出讀者回饋活動，您只要按照規定數量蒐集每本書書封後摺口上的印花（影印無效），貼在書內所附的專用兌換回函卡上，並詳填個人資料後寄回，便可免費兌換謎人俱樂部的專屬贈品！詳細辦法請參見【謎人俱樂部】活動官網。

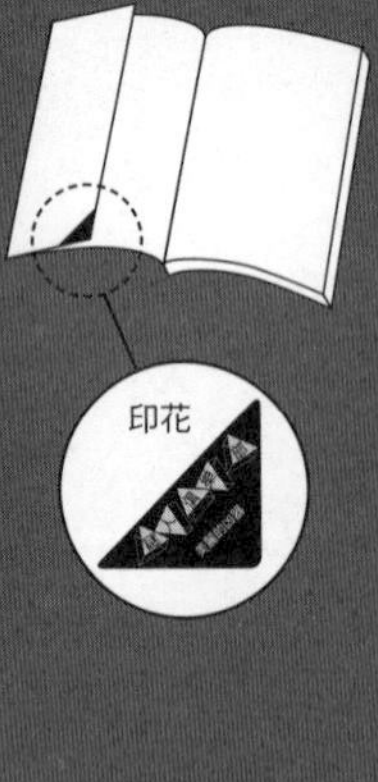

【謎人俱樂部】臉書粉絲團
www.facebook.com/mimibearclub

□集滿4個印花贈品（二款任選其一）：

A：【推理謎】LOGO皮質燙銀典藏書套一個
（黑色，25開本適用，限量1000個）

B：【推理謎】吉祥物『獨角獸』圖案皮質燙金典藏書套一個
（咖啡色，25開本適用，限量1000個）

□集滿8個印花贈品（二款任選其一）：

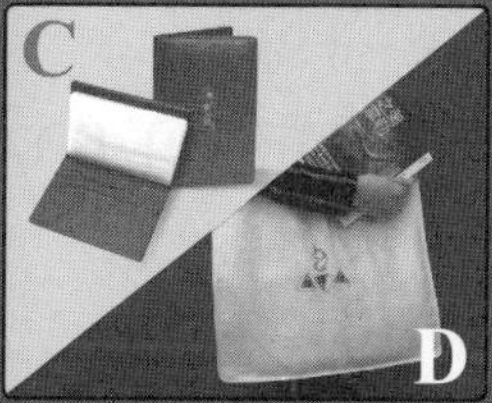

C：【推理謎】LOGO皮質燙金證件名片夾一個
（紅色，11.5cm x 8.6cm，限量500個）

D：【推理謎】吉祥物『獨角獸』圖案環保購物袋一個
（米色，不織布材質，41.5cm x 38.6cm，限量1000個）

□集滿12個印花贈品（二款任選其一）：

E：【推理謎】LOGO不鏽鋼繩鑰匙圈一個
（限量500個）

F：【推理謎】吉祥物『獨角獸』圖案馬克杯一個
（白色，320cc容量，限量500個）

謎人俱樂部會不定期推出最新限量贈品提供兌換，
請密切注意活動官網和粉絲專頁。

?

【注意事項】
◎本活動僅限台灣地區讀者參加。
◎贈品兌換期限自即日起至2020年12月31日止（以郵戳為憑）。
◎贈品圖片僅供參考，所有贈品應以實物為準。
◎所有贈品數量有限，送完為止。如讀者欲兌換的贈品已送完，皇冠文化集團有權直接改換其他贈品，不另徵求同意和通知。贈品存量將定期在【謎人俱樂部】活動官網上公佈，請讀者在兌換前先行查閱或直接致電：（02）27168888分機114、303讀者服務部確認。
◎皇冠文化集團保留修改或取消謎人俱樂部活動辦法的權利。辦法如有更動，將隨時在【謎人俱樂部】活動官網上公佈。

國家圖書館出版品預行編目資料

失蹤HOLiDAY / 乙一 著. 張秀強、李志穎 譯-- 二版. --
台北市：皇冠, 2020. 04
面; 公分. --(皇冠叢書；第4838種) (乙一作品集；3)
譯自：失踪HOLIDAY
ISBN 978-957-33-3525-2 (平裝)

861.57　　109003377

皇冠叢書第4838種
乙一作品集 | 3
失蹤HOLIDAY
失踪HOLIDAY

SHISSOU HOLIDAY
© Otsuichi 2001
First published in Japan in 2001 by KADOKAWA CORPORATION, Tokyo.
Complex Chinese translation rights arranged with KADOKAWA CORPORATION, Tokyo through TOHAN CORPORATION, Tokyo.
Complex Chinese Characters © 2020 by Crown Publishing Company, Ltd.

作　　者—乙一
譯　　者—張秀強、李志穎
發 行 人—平雲
出版發行—皇冠文化出版有限公司
臺北市敦化北路120巷50號
電話◎02-27168888
郵撥帳號◎15261516號
皇冠出版社(香港)有限公司
香港上環文咸東街50號寶恒商業中心
23樓2301-3室
電話◎2529-1778　傳真◎2527-0904
總 編 輯—許婷婷
責任編輯—蔡承歡
封面設計—朱　疋
美術設計—嚴昱琳
著作完成日期—2001年
二版一刷日期—2020年4月

法律顧問—王惠光律師
有著作權・翻印必究
如有破損或裝訂錯誤，請寄回本社更換
讀者服務傳真專線◎02-27150507
電腦編號◎533103
ISBN◎978-957-33-3525-2
Printed in Taiwan
本書定價◎新臺幣320元/港幣107元

•【謎人俱樂部】臉書粉絲團：www.facebook.com/mimibearclub
• 22 號密室推理官網：www.crown.com.tw/no22
• 皇冠讀樂網：www.crown.com.tw
• 皇冠 Facebook：www.facebook.com/crownbook
• 皇冠Instagram：www.instagram.com/crownbook1954
• 小王子的編輯夢：crownbook.pixnet.net/blog

謎人俱樂部贈品兌換卡

我要選擇以下贈品（須符合印花數量）：☐A ☐B ☐C ☐D ☐E ☐F

1	2	3	4
5	6	7	8
9	10	11	12

【個人資料蒐集、利用及處理同意條款】

您所填寫的個人資料，依個人資料保護法之規定，皇冠文化集團將對您的個人資料予以保密，並採取必要之安全措施以免資料外洩。您對於您的個人資料可隨時查詢、補充、更正，並得要求將您的個人資料刪除或停止使用。

本人同意皇冠文化集團得使用以下本人之個人資料建立該集團旗下各事業單位之讀者資料庫，做為寄送出版或活動相關資訊、相關廣告，以及與本人連繫之用。本人並同意皇冠文化集團可依據本人之個人資料做成讀者統計資料，在不涉及揭露本人之個人資料下，皇冠文化集團可就該統計資料進行合法地使用以及公布。

☐同意　☐不同意

我的基本資料

姓名：＿＿＿＿＿＿＿＿＿＿

出生：＿＿＿＿年＿＿＿＿月＿＿＿＿日　性別：☐男 ☐女

職業：☐學生 ☐軍公教 ☐工 ☐商 ☐服務業

☐家管 ☐自由業 ☐其他＿＿＿＿＿＿＿＿

地址：☐☐☐☐☐＿＿＿＿＿＿＿＿

電話：（家）＿＿＿＿＿＿＿＿（公司）＿＿＿＿＿＿＿＿

手機：＿＿＿＿＿＿＿＿

e-mail：＿＿＿＿＿＿＿＿

我對【乙一作品集】系列的建議：

寄件人：

地址：□□□□□

北區郵政管理局登
記證北台字1648號
免 貼 郵 票

〔限國內讀者使用〕

10547

台北市敦化北路120巷50號

皇冠文化出版有限公司 收